Hypnotizing Maria

ヒプノタイジング・マリア

リチャード・バック

天野恵梨香 訳　和田穹男 監訳

めるくまーる

HYPNOTIZING MARIA
by
Richard Bach

Published by arrangement with
Hampton Roads Publishing Co., Inc.
c/o Red Wheel Weiser LLC
through Japan UNI Agency, Inc., Tokyo

空を飛ぶ

よしもとばなな

飛ぶことを愛する彼が最近自家用機で大きな事故にあったと知り、胸がいっぱいだ。それでもこの本を読んで「より力強く軽く明るく、自由になったんだね！」という気持ちにならずにはいられなかった。幼い頃の友だちに会うみたいな気持ちで。彼の文章に常にこめられている、風のようなさわやかさは全く変わっていない。高いところを飛ぶということは、だれにとっても命がむきだしになり、肉体の死に一歩近づくということだと思う。そしてより真実に近づくことだ。

私たちはその気分をまぎらわせるために、飛行機の中でむりに日常を生きようとする。ごはんの味に一喜一憂したり、映画の中で死にかけている人を応援したりして時間をやりすごしている。でも、そんなとき実はいちばん肉体の死に近い場所にいるのは自分なのだ。

でも、もしかしたら。

私たちの毎日って、それとそっくり同じことなのかもしれない。

今起きているほんとうのことを知るのがこわくて、真実の窓から見るほんとうの面白さにアクセスできないで、なにか食べたり、他人のドラマを見てごまかしている。

真実の窓を開いてみようよ、人生を冒険しよう、とこの小説は言っている。

長い間をかけて彼がたどりついた地平がここなら、明るい気持ちで無心に受け入れていっしょに歩みたい。

ヒプノタイジング・マリア

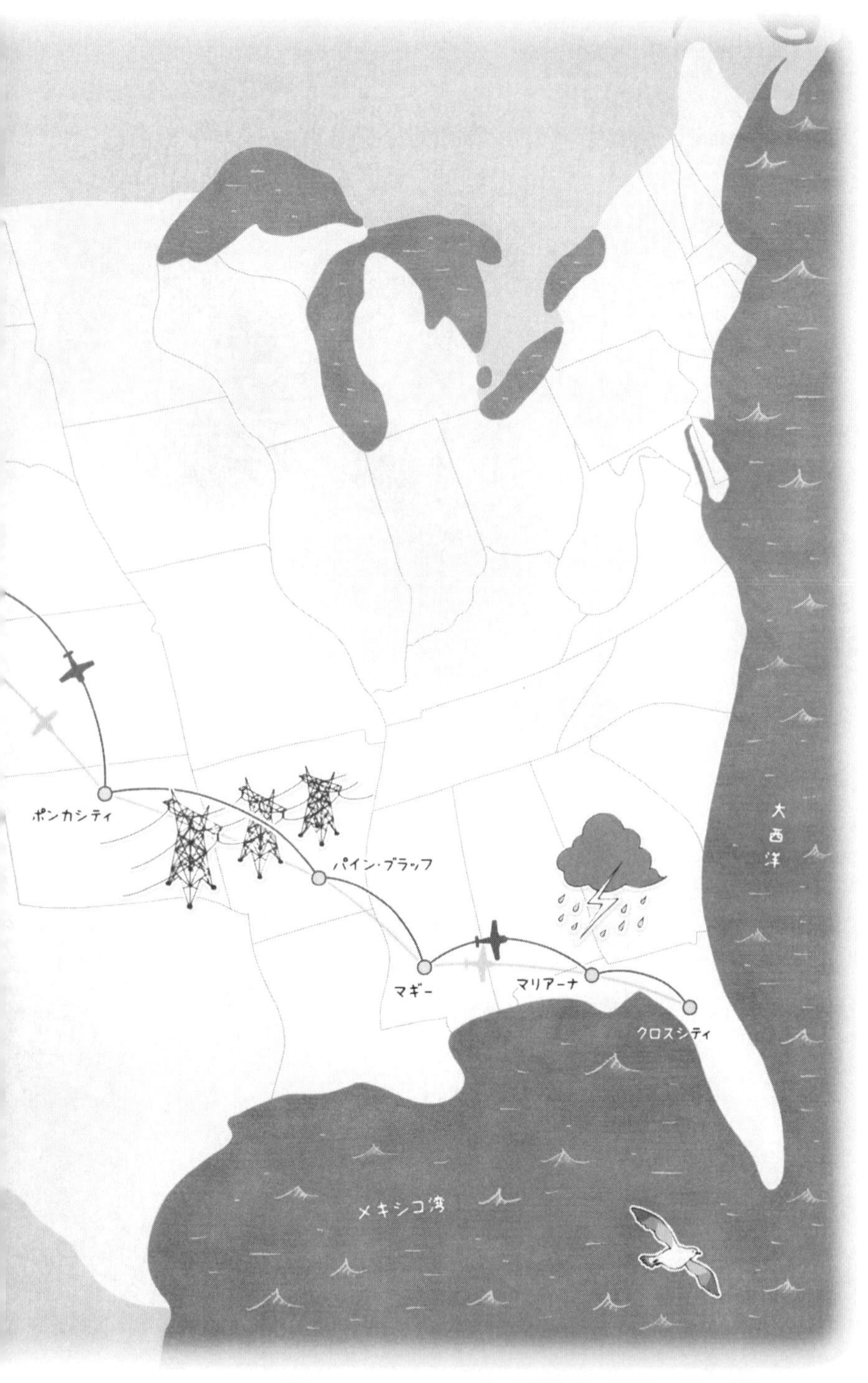
ポンカシティ
パイン・ブラッフ
マギー
マリアーナ
クロスシティ
大西洋
メキシコ湾

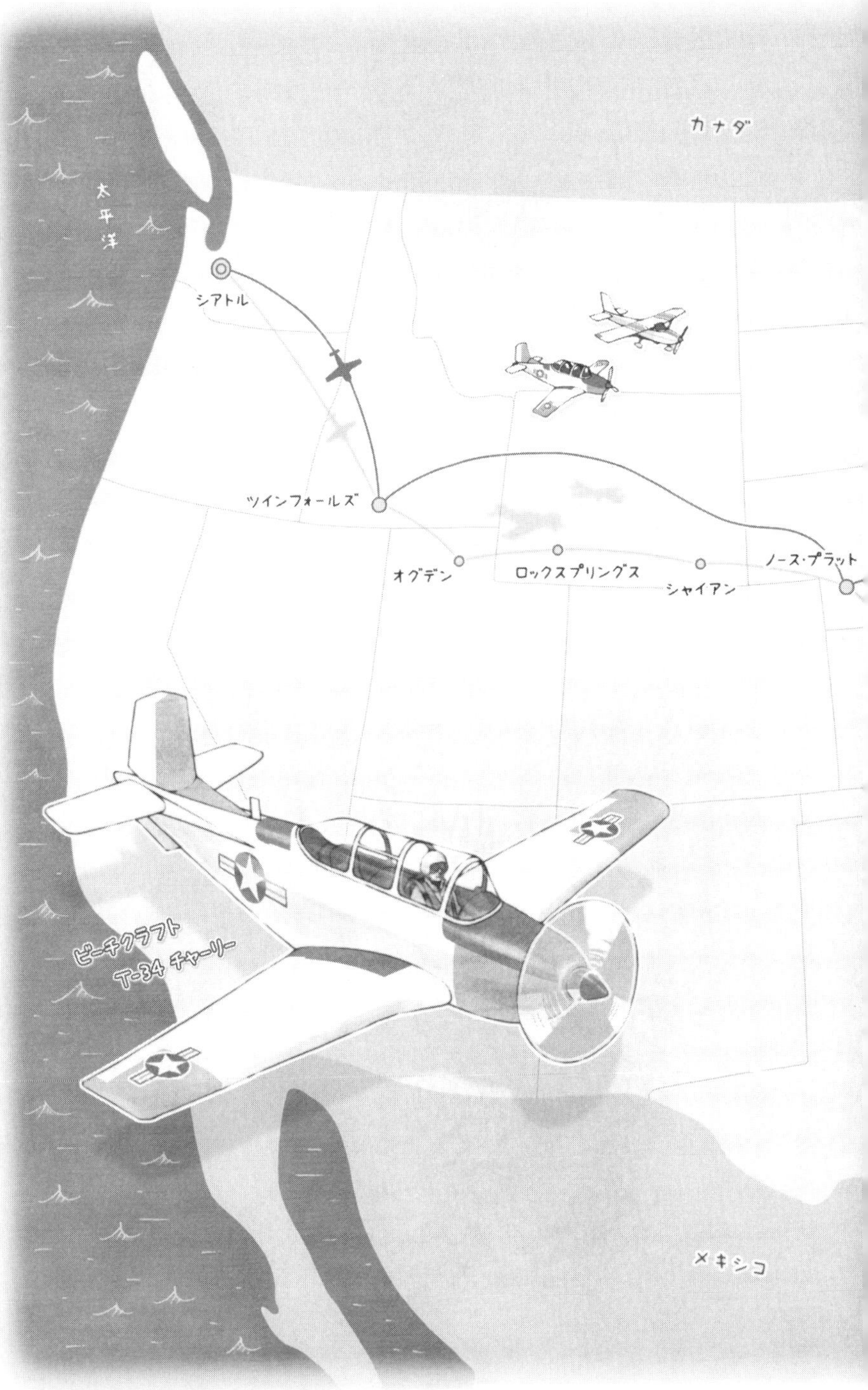
カナダ
太平洋
シアトル
ツインフォールズ
オグデン
ロックスプリングス
シャイアン
ノース・プラット
ビーチクラフト
T-34 チャーリー
メキシコ

本文中、（　　）内の小さな文字は訳者による注を示す。

第一章

ジェイミー・フォーブスは飛行機乗りだ。大学を中退してパイロットの免許を取ってからというもの、ずっと飛行機三昧の人生を送ってきた。寝ても覚めても飛ぶことばかり考えて、翼がついているものを見れば何にでも興味を惹かれた。

空軍に入って戦闘機を飛ばしていたこともあったが、とくに政治に興味がある訳じゃなし、雑務に追われてそうそう飛行機を飛ばさせてはもらえない。おまけに規則は厳しいしで、早期退職の話が来るなりあっさり除隊してしまった。

それから一度だけ民間の航空会社に面接を受けに行ったのだが、適性試験で落とされた。質問の意味からして、まるでちんぷんかんぷんだった。

一、もしあなたが石か木のどちらかになるとしたら、どちらを選びますか？

二、赤と青ではどちらが良い色ですか？

彼は口をつぐんだ。こんなことが飛行機に関係あるものかと。
三、細かいことを気にするほうですか？
彼は答えた。「細かいことはまったく気にしませんね。大事なのは、そのつど安全に地上に戻ってくることですし、わたしは普段から少しぐらい靴が汚れていても、気にならないタチなんです」

試験官にじっと目を見つめられ、まずいと思ったときにはあとの祭りであった。「細部にまで気を配るのがわれわれの仕事ですよ」

いや、空を飛べるのならば何も戦闘機や旅客機でなくたってよかったのだ。仕事ならチャーター便や企業専用機の操縦もあったし、遊覧飛行や農薬撒布、エアショーでのアクロバット飛行もあった。パイプラインの巡回や航空写真、飛行機の輸送、広告バナーを吊り下げて飛ぶ仕事に、グライダーの曳航《えいこう》、スカイダイビングの客乗せ、飛行実験やらエア・レースなんてのもあった。テレビの報道や道路交通情報、警察捜査のためのフライト。おんぼろ複葉機に貨物をぎっしり積み込んで、一人夜っぴて運んだこともあれば、のどかな干し草畑から飛び立って、お客に空からの眺めを見せる風まかせの地方巡業もやった。当然ながら教える仕事もあった。彼のように飛ぶことに情熱を燃やす輩《やから》が現れ続ける限り、技術を伝授する者もまた必要とされるからだ。

彼はそれらをひととおりやってきた。髪に白髪が増えたここ数年は、飛行教官に落ち着いている。飛行機乗りのことわざに、「良い飛行教官は髪の色で見分けろ」というのがあるが、彼もいよいよベテランの域に入ったというわけだろう。

ただし白髪混じりになったとはいえ、もうろくしてはいない。知らないことは多々あれど、フリーで何十年とやってきて飛行時間が一万二千時間もあれば、教えるのにはじゅうぶんと言っていい。上を見れば切りがないが、普通の人間よりはるかに長く空の上で生きてきた。おのずと謙虚にならざるをえなかった。

とはいえ、手に触れるものは何でも飛ばしてみたくなる腕白坊主のような部分は、いまだに健在であった。

そんなヒコーキ野郎らしい生き方だという点を除けば、取り立てて言うほどのことのない人生だった。去年の九月にあの一連の出来事に出会うまでは。人によっては何でもない出来事なのに、ある種の人間にとっては人生そのものを変えてしまう場合があるものだ。

第二章

そのときジェイミー・フォーブスは、たまたまそこに居合わせたつもりでいた。

そろそろ寒くなり始めたワシントン州での飛行訓練を終え、愛機ビーチクラフトT－34を操縦し、まだ暑い盛りのフロリダに帰る途中でそれは起きた。一フライトにつき四時間、合計一六時間を掛け、季節を冬から夏へ遡《さかのぼ》るように広大なアメリカを北西から南東へ斜めに横断する予定でいた。

T－34を知らない人のために説明しておくと、これはかつてアメリカ空軍が初めて航空士官候補生の練習用として作らせた飛行機だ。単発の縦列《タンデム》複座のプロペラ機で、翼の位置が低く、出力は二二五馬力。コックピットが戦闘機と同じ作りにしてあるのは、新米パイロットが練習機から戦闘機に乗り換える際、スムーズに順応できるようにだ。

士官候補生になると点検表やモールス信号、空気力学等々、覚えることが山ほどある上、行進の訓練まである。彼も新人時代はそれについていくのが精一杯で、ましてやいつか自分がT－34を手に入れることになるなどとは思いもしなかった。それにしても、軍の払い下げが民間の手にかかると、見ちがえるほど変わるものである。

彼が買ったT－34は今では三〇〇馬力、エンジンはコンチネンタル製、プロペラは三枚羽根に付け替えてあった。ナビゲーション装置付きインストルメンタル・パネルなんてのは、この飛行機が出来た当初はなかったものだし、機体はスカイブルーの迷彩柄に塗装され、エアフォース・マークが復元されている。なにしろデザインの良い、コンパクトで操縦しやすい飛行機なのである。

彼はその日、そのT－34に一人で乗っていた。朝シアトルを発ってアイダホ州のツインフォールズまで飛び、正午にそこを出発してオグデンとロックスプリングス上空を通過しながら、ネブラスカ州ノース・プラットへ向かっていた。

ノース・プラットまであと一時間、シャイアンから北へ二〇分のあたりにさしかかったときだった。

「どうしよう、うちの人、死んじゃったかもしれない！」

無線機から突然女の悲鳴が聞こえた。「誰か聞こえます？　主人が倒れたんです！」

その無線は122・8メガヘルツ、規模の小さな飛行場が共用する周波数だった。女の声が大きく、はっきり聞きとれるところからすると距離はそう遠くないはずだ。

彼女に応答する者は誰もいない。

そのときジェイミーの耳もとに、南部なまりの、穏やかなくせに人に有無を言わせない、ある懐かしい人の声がした。

「フォーブス君、やってみたまえ」

「デクスター教官？」

彼はぎょっとして思わず口に出した。四〇年も前に世話になった飛行教官の顔が思い浮かんだ。ミラー越しに後部席をちらっと見たが、誰もいるはずはなかった。

耳をすませてみても、前方で低く滑らかなエンジン音がするばかりだ。やっぱり今のは空耳だったのだろうか。それにしてもそんな昔に指導を受けた人の声音など、よく覚えていたものである。あの悲鳴の主の飛行機は、操縦していた夫が失神でもしたのだろう。デクスター教官は、まるで彼女を救助してやってくれと言いに来たみたいだ。

「神様、ああ誰か助けて！　この人が死んだらあたしはどうなるの？」女はパニックに陥っている。空中で突発事に見舞われればそうなって当たり前だ。

ジェイミーはマイクのスイッチを押して話しかけた。

「決めつけるのはまだ早いです。もしご主人が操縦できないなら奥さんが代わりに操縦すればいいんですから」

「だめよ、習ったこともない。どうしよう、ホアンはドアに倒れかかって動かないのよ」

「だったらなおさら、わたしたちがご主人を地上に連れて帰らないと」

「出来っこないわ」

彼女の反応は予測できたし、だからこそ彼はそれを見越して〝わたしたち〟と言ったのだ。

「大丈夫、あなたとわたしでいっしょにやるんですから」

実際には、倒れたパイロットに代わって乗客が操縦して帰ってくることなどめったなことではありえない。それでも今日は絶好の飛行日和だ。うまく行くに違いないと彼は踏んだ。

「操縦桿《かん》の使い方は見たことあるでしょ?」と尋ねた。「そのハンドルを動かすと翼をまっすぐにできるんです」

「あ……あ、これね」

よし、これでいくぶんやりやすくなった。

「しばらくそのまま翼を水平に保っていてください」彼は夫妻がいつどこを出発し、どこへ向かおうとしていたかを訊き出した。それから判断して彼女が今いる位置に目星をつけると、T－34を真東に旋回させた。左翼前方一〇時の方向、斜め下にセスナ182型が見えてきた。あれだ。

「少しだけ操縦桿を右に切ってみてもらえますか。やあ、そちらの飛行機が見えてきました」

相手の機を視界内にうまく捕えられたのは、さっき方向変換をしておいたればこそだ。一か八《ばち》かやってみてよかったと思った。そして翼を斜めに傾けた。

左から右の方に回り込んでくるセスナの内側に向かって降下し、その横に滑り下りた。二機は五〇フィートの距離を保ちながら編隊飛行をした。

「右の方を見て」

彼女が顔を向けたので、彼は手を振って合図をした。

「もう大丈夫。これからいっしょに空港まで行って飛行機を着陸させましょう」

「そんな……操縦なんか出来ないわ！」

彼女のセスナが大きく傾き、彼の飛行機に寄って来た。

彼はそれに合わせて自機の機体を斜めにし、彼女のセスナと平行しながら旋回した。

「安心してください。ぼくは飛行教官をしている者ですから、着陸までちゃんと指示しますよ」

「まあ、神様」

彼女のセスナが、急角度に傾いた。

「操縦桿を左に回せますか？　ぐいっとやらないで落ち着いてゆっくりと左に切って。それで機体が真っすぐになりますよ」

彼女は顔を正面に戻して操縦桿を回した。セスナは水平に戻った。

「おじょうずですね。ほんとに初めて？」

「ホアンがやってるところを見てたのよ」

「よく見ておられたんですね」少し落ち着いたようだな、とジェイミーは思った。

彼女がスロットルや方向舵《ラダー》ペダルの場所を知っているようなので、左に旋回するよう指示し、シャイアンの空港に誘導することにした。

「お名前は？」

「怖い。やっぱり無理だわ」

「無理なもんですか、もう五分も飛ばしていますよ。なかなかうまいものです。気を楽にして、体の力を抜いて。そうだ、ジャンボジェットの機長になったふりでもしましょうか」

「何のふりですって？」

「さあ、頭を空っぽにして。あなたはジャンボジェットの機長です。航空会社始まって以来初の女性機長で、何年もジャンボを飛ばせています。操縦は慣れたものだし、今だって楽しくてしょうがない。こんな天気のいい日に、小さなセスナひとつ着陸させるのなんかお茶の子さいさい《ピース・オブ・ケーキ》なんですよ」

この人ちょっと頭がおかしいんじゃないのと、彼女はいぶかったに違いない。しかし、すぐに彼が教官だということを思い出すはずだ。

「お茶の子さいさい《ピース・オブ・ケーキ》……ね」

「そういうことです。お茶菓子《ケーキ》はどんなのがお好きです?」

彼女が笑顔を引きつらせて窓ごしにこちらを見た。彼女はきっと、〝何の話? 人が死にかけているのにお菓子がどうしたっていうのよ、ふざけるのもいい加減にして〟と腹を立てているだろう。が、それで少しは怖さを忘れられるはずだ。

「キャロットケーキかしら」

彼はにっこり微笑み返した。その調子でいい。ぼくのことを頼りにならないと見てとれば、逆にこの人は腹が座るだろう。

「じゃあ、ピース・オブ・キャロット・ケーキだ」

「わたし、名はマリアというのよ」

名前を知れば、ぼくがふざけるのをやめるんじゃないかと期待したのかもしれない。

シャイアン空港が一本の筋になって地平線上に見えてきた。あと一五マイル、時間にすれば七分ほどだ。もっと近くにいくつか小さな飛行場があったのだが、彼があえてシャイアンを選んだのは滑走路が長く、救急車の用意があるからだった。

「マリアさん、スロットル・レバーを押してみてください。ご存じでしょうが、スロットルを押すとエンジン音が大きくなって、機体がゆっくり上向きになります。そのまま一番奥まで押しこんでいきましょう。なあに、ちょっと上昇の練習をしておこうというわけです」

もし着陸態勢に入ってから降下しすぎても、彼女がすぐにやり方を思い出して上昇できるようにしておくのだ。そうすれば空を飛ぶのは難しくも危なくもない、上昇したければスロットルを押しさえすればいい、それを頭に入れておいてもらえれば上等だ。

「おみごと！　みごとなお手並みだ、機長。この筋のよさは生まれつきのパイロットのものだ」

次にスロットルを戻すよう指示した。上向きだったセスナの機首をゆるやかに元に戻しながら、地平線の少し下にもってこさせておく。それからいっしょに場周《じょうしゅう》経路高度まで降下していくのだ。

隣りで飛んでいる彼女が、窓の向こうからこちらをふり返った。

翼と翼が触れ合うほど近くにいても、彼女に代わってその飛行機を飛ばすことは出来ない。出来るのは言葉で伝えることだけなのだ。

「あと少しで到着ですよ。マリアさん、おじょうずですね。少しだけぼくの方に操縦桿を切ってくれます？　そう、一〇秒ほど。そしたらまっすぐに戻してください」

彼女がマイクのスイッチを押した。何か伝えようとしたのかもしれないが、結局声には出さなかった。彼女は言われたとおりにセスナを右に傾けた。

「それで結構。ぼくはこれから管制塔と別の無線を使って話しますが、マリアさんの声もちゃんと聞いています。いつでも話しかけてきてくださいね。いいですか？」

彼女はこくんとうなずいた。

彼はもう一つの無線機をシャイアン管制塔、こちらセスナ２４６１・エコー」

「シャイアン管制塔、こちらセスナ２４６１・エコー」

マリアのセスナの側面にペイントされている機体番号を見ながらそう伝えた。自分の機体番号は言う必要がない。

「シックスワン・エコー、どうぞ」

「シックスワン・エコー、二名で飛行中。着陸まで北へ八マイルです」

「シックスワン・エコー、ラジャー。滑走路９へダウンウィンドに左回りで進入してください」

「ウィルコ」

ジェイミーはそう応答するが、いつもながら変な言葉だなあと思う。承諾した《アイ・ウィル・コンプライ》、というのを縮めた言葉なのだが、航空用語にはこの手の変わった言い方が多くある。

「シックスワン・エコーはセスナ182型。パイロットは操縦不能。乗客が代わりに操縦中。ぼくが隣りを飛行しながら誘導してます」

しばらくの沈黙。

「シックスワン・エコー、もう一度お願いします。パイロットがどうしました？」

「パイロットが操縦不能になりました。乗客が代わりに飛行機を飛ばしています」

「ラジャー。全ての滑走路が着陸許可となります。緊急事態を要請しますか？」

「必要ないです。滑走路9を使います。乗客の女性はうまくやってますが、念のためパイロットの処置用に救急車、それと、必要ないかもしれないが消防車もお願いします。車両は着陸機の脇ではなく、うしろからそっと来てください。乗客にとって初めての着陸ですし、気が散らないようにしてあげてください」

「ラジャー。救助車両を出動させ、着陸機の後ろからついて行かせます。

空港内の全員に告ぐ！　緊急事態発生。各機ブレイク。シャイアン区域にいる全ての航空機は、空港内の場周経路から離れてください」

「管制塔、これから乗客の使っている共用無線の228に切り替えますが、そちらの声も聞こえるようなってますから」

「ラジャー、シックスワン・エコー。幸運を祈ります」

「なあに大丈夫。彼女、やってくれますよ」

彼は送信機をマリアの使う共用周波数に切り替えた。

「マリアさん、左手前方に空港があるんです。ゆっくり大きくターンして機体の向きを滑走路にそろえますよ。急がずスムーズにいきましょうか。ほうら、簡単でしょう?」

彼女は教官の指示どおりに操縦した。二つの機体がゆっくりゆるやかな旋回をしながら、大きな着陸パターンを描いて飛んでいく。

「さてと、ここでスロットルを軽く戻して。さっきやったみたいに機首を地平線のほんの少し下にもってきましょう。スムーズでゆるやかな下降ですよ。その飛行機はそういうのが得意ですからね」

彼女はうなずいてみせた。教官が飛行機の性能について言い出したからには、着陸だって本当に案外簡単なのかもしれないと納得し始めた顔だ。

「今の入り方が気に入らなければ、上がってまた入りなおせばいいですから。何回くりかえしたってかまわないんです。だけど、この入り方とてもいいなあ。きれいに入れましたね」

燃料があとどれくらい残っているか、などとは訊かない。

二機は左にカーブを描きながらなだらかに降下し、最終進入の段階に入った。前方には幅広のコンクリートの滑走路が長さ二マイルにわたって真っすぐに伸びている。

「これからスムーズなタッチダウンに行きますよ。二つの車輪を、滑走路の真ん中にある太い白線の両端に合わせるつもりで。そうです、そうです。さすが機長！　スロットルを〇・五インチ前に押して、ちょいとばかりエンジンをふかしてやりましょうか」

一番難しいところだが、彼女は言われたとおりにやってのけた。落ち着いたものだと、彼は心底感心した。

「スロットルを少し戻せます？　いやあマリアさん、たいしたもんです。操縦桿が全然ブレないいんだから」

彼女の飛行機が地面に向かって降下していく。それとともに彼はセスナの翼から数フィート遠ざかる。

「そのまま保っておいて。センターラインの上を真っすぐに。そうです、うまいうまい。楽にして、リラックスですよ。つま先でペダルを細かく踏んで……。まるでベテランだ。

スロットルを一インチ戻して、操縦桿も三インチ戻しましょう。少し重く感じますが大丈夫。いいですねえ、これならきれいに着陸できますよ」

車輪から滑走路まであと四フィート、三フィート。

「機首を今の位置で保って、スロットルをゆっくり戻しきって」

車輪が滑走路に触れ、タイヤのゴムから青い煙が立った。

「完璧なタッチダウン、完璧な着陸。操縦桿は手から離していいですよ。地面では使いませんからね。あとはフットペダルで機体を真っすぐにして、つま先でペダルの先端を踏みながらブレーキをかけてください。このままここに停めちゃいましょう。すぐに救急車が来ますから」

彼はそれだけ言うと自機のスロットルを押した。T－34が彼女のセスナの横を通り過ぎて上昇していく。

「マリアさん、やりましたね！　凄腕《すごうで》の飛行士だ」

彼女からは返事がなかった。彼は笑みを浮かべ指をパチンと鳴らした。

上空から肩ごしに見おろすと、救急車が滑走路を突っ切ってセスナの後ろへ駆けつけるところだった。セスナに合わせて救急車も速度を落とす。セスナが停止しドアが勢いよく開く。後ろから真っ赤な箱型の消防車も来たが、それは使わずに済むようだ。

管制塔はただでさえ忙しいだろう。これ以上邪魔をしたくはない。彼は何も告げずに発つことにした。T－34はものの一分で空の彼方に消えてしまった。

第三章

翌朝、ノース・プラットのリーバード空港の掲示板に、新聞記事の切り抜きが貼り出してあった。その見出しには〝パイロット失神、妻が着陸〟とあった。

ちらっと見るなりジェイミー・フォーブスは顔をしかめた。まるで妻すなわち操縦できないものと決めつけているような書き方だ。パイロット免許を持つ女性は大勢いるし、最近は増えてもいるのだが。やれやれ、こんな偏見がいつまで続くのやらと溜息が出た。

しかし記事の中身はそれなりにまともだった。マリア・オチョア、六三歳。夫が自家用機を操縦中に倒れ、死んだものと思いパニックになって救助を求めた云々。

それからこんな一文が目に留まった。

〝私一人の力では着陸できませんでした。でも無線機の向こうの人が私にも飛行機は飛ばせると言うのです。誓ってもいい、空の上でその人が私に催眠術を掛けたんだと思います。「パイロットのふりをなさい」と。私は言われたとおりにしました。操縦の仕方を知らないので、ふりをするしかありませんでしたしね。それからふと我に返ったときには無事着陸していたのです。とても信じられませんでした〟

記事によると、夫は脳卒中を起こしていたが回復する見込みだそうだ。

彼は誇らしく思った。機長ごっこをさせると生徒はみんなにわかに自信を持って、落ち着いてじょうずに飛べるようになる。いつもそうなのだ。

ただ彼女が口にしたある一言が胸に引っかかった。

催眠術（ヒプノティズム）だって？　彼は朝食を取るために空港のカフェまで歩きながら、そのことで頭がいっぱいになっていた。三〇年前の出来事が、つい昨日のことのように脳裏に蘇《よみがえ》ってきたのだ。

第四章

ジェイミー・フォーブスはステージから一番前のA列に座っていた。催眠術師にあなたもやってみませんかと、声を掛けられるのを期待したのだ。
ショーの終盤に催眠術師が希望者を募ると、ジェイミーは仮に選ばれても自分は術にな
ど掛からないだろうが、舞台に上がるだけでもおもしろそうだと思って手を挙げた。彼の
他に男が一人と女が一人、ステージに上がった。ちょっとしたテストの後、三人の内の一
人が選ばれるのだ。
近くで見る催眠術師ブラックスミスには独特のオーラがあって、タキシードに白の蝶ネクタイがよく似合っていた。少し気圧《けお》されそうになったが、二言三言言葉を交わしてみると、きさくな人物なのがわかった。ブラックスミスは三人に客席を向いて横一列に並ぶように指示した。ジェイミーは一番端のステージ中央寄りに立った。

催眠術師は三人の背後に回ると、まず女の肩に手を触れ、ほんの少し引き寄せた。女はよろめきながら一歩後ろに下がったが、すぐに元の姿勢に戻った。

隣りの男も同じようにされ、同じく少しよろけて後ろに下がった。

若きフォーブスは何か他の人と違うリアクションをしてやろうと思った。催眠術師の手が肩に触れたとき、思い切り派手に後ろによろけた。裏をかいてやるのだ。舞台で客を転ばせたなんてことになれば、落ち着き払ったこの男も少しは慌てるかもしれない。

だが、すぐに催眠術師に抱き止められた。ブラックスミスが他の二人に礼を言って客席に送り返すと、会場から拍手が起きた。どうやら反抗的なジェイミーが選ばれたらしい。

まずいことになったと思った。

「悪いけど、ぼくは催眠術なんかに掛からないからね」

ジェイミーは拍手が止みかけてくる頃合いを見計らって小声で言った。

「なるほど。だったらなんでこの地球にいるのかね?」

ブラックスミスが意味不明の言葉をささやいた。そしてしばらく言葉も発しないで微笑んだままジェイミーを見つめた。客席からクスクス笑いが聞こえた。あの人どうなっちゃうのかしら。

もしぼくが本当に催眠術に掛からなかったら? ジェイミーは一瞬、催眠術師が気の毒になった。で、このままステージを下りてしまおうとしたが、もう少しだけ付き合ってやろうと思いなおした。無駄に終わるよという警告は与えておいたのだし、わざわざ金を払って見に来た大勢の客の前で恥をかかせる理由もない。

「お名前は何とおっしゃいますかな?」

催眠術師はみんなに聞こえる声で言った。

「ジェイミーです」

「ジェイミー、以前、お会いしたことはありますか? 今夜ここで会う前に」

「いや、今が初めてです」

「そのとおりです。ではジェイミー、これからわたしが言うことを頭でイメージしながら、少し私と歩いてくださいますか? われわれの前には階段があります。七段ありますから、いっしょに下りていきましょう。一段ずついっしょに下ります。下へ、もう一段下へ。だんだん下りてまいりますよ」

始めジェイミーはそこに階段があるのに気づかなかったが、足を下ろしてみると確かに階段状になっていた。プラスチックかバルサ材に石の模様をペイントしたものだろう。催眠術師と並んで一段ずつ下りていく。このままステージから下りてしまったら観客はどう思うだろうか。でもぼくが心配することもあるまい。ブラックスミスは鏡か何かを使ってぼくらの姿がちゃんと観客に見えるような仕掛けをしているに違いない。

階段を下りきったところに重い木の扉があった。催眠術師はジェイミーを促して中に入らせると、扉を閉めた。壁越しにブラックスミスが観客に向かって話している声がよく聞こえる。彼はジェイミーの目の前には空っぽの石作りの部屋が見えていて、ドアも窓もないのに明るさはじゅうぶんにあるなどと説明している。

角《かど》のない円形の部屋だった。今入って来た場所をふり返ってみると扉が見あたらなかった。おそらく周りの石とそっくりに見えるように作られているのだろう。

それにしてもよく出来た壁紙だ。四角い御影石《みかげいし》の切り石のちょっと不揃いなところなんかいかにも本物らしく、まるで中世の要塞の石積みのようだ。

「ジェイミー、周りを見わたして何が見えるか教えてくださいますか?」と壁の向こうからブラックスミスが声をかける。

ジェイミーはこれは石の模様の壁紙にすぎないとは敢えて言わずにおくことにした。「ここは石の部屋みたいですね。お城の塔の中みたいな感じで、窓もドアもない」

「それは本当に石なんですね?」と催眠術師の声がする。

あまり押しつけるなよと思った。片棒を担いでやってるけれどいくらなんでも嘘を言う義理はないんだ。「石っぽいけど、どうだろうな?」

「確かめてみてください」

口裏を合わせろというわけか。催眠術が聞いて呆《あき》れるよまったく。しぶしぶジェイミーは壁に近づいて触ってみた。確かにごつごつして固い。今度は少し押してみた。

「触った感じは石みたいだ」

「本当に石なんですね？　手でしっかり触って強く押してみてください。強く押せば押すほど固くなってまいります」

また変なことを言い始めたな。よし、それなら本気で押してやろう。壁がすっぽ抜けてあんたのステージに木のブロックが散らばっても知らないぞ。彼はまず軽く押してみた。そしてもう少し強く押し、さらに力を加えていった。確かに固かった。待てよ、これは心理ゲームというよりマジックだな。ブラックスミスのやつ、どうやって舞台の下にこんな部屋なんか作ったんだ。ショーのたびにこんなしろものを劇場から劇場へどうやって運び込むんだ？

ジェイミーはドアが石壁の間にまぎれていないか探した。だが、どこもかしこも石ばかりだった。壁に体を押しつけてみたり足で蹴って回ってみた。直径一〇フィートもない円い小さな部屋の中を歩き回った。木かプラスチックで出来ているはずだ、と。それなのに、いくら体当たりしようと強く蹴ろうと、わずかな窪《くぼ》みさえ残せないのだった。

だんだん怖くなってきた。しかしブラックスミスがじきに出してくれるだろう。

「出る方法はあるのです、ジェイミー。それが何だかおわかりですかな?」

ブラックスミスの芝居がかった口調がしゃくにさわる。

石と石の隙間がもう少し大きければ、それを足がかりに登れるかもしれない。だが見上げると天井まで同じ固い石でびっしり塞がっていた。壁の一部には黒く焼け焦げたような跡が残っていた。松明《たいまつ》が取り付けられるようになっていたのだろう。松明もそれを支える金具も今はもうない。

「こりゃあ、登るのは無理だな」

「壁を登るのは無理だとおっしゃるのですね? やってみたのですか?」

ブラックスミスが舞台俳優のように声を張り上げる。

それを聞いて、やはりどこかに手を掛けられる隙間があると仄めかしているのではないかと期待した。だがそんなものはなかった。一段目の石に足を掛けようとしたが、靴はむなしく滑るばかりだ。

「足も手も引っかける所がないんだ」

「壁の下を掘って出られませんか?」

ふざけているとしか思えなかった。壁の下と言うが、床だって壁や天井と同じ石で出来ているじゃないか。ジェイミーは膝を突いて爪で床を引っ掻いてみたが、その床も頑として彼を拒んだ。

「ドアはいかがです？　ドアを試してみてください」

「そのドアがどこかに行ってしまったんだ」

そう言いながら馬鹿らしくなった。ドアがなくなる訳がない、トリックに決まってる。わかっているのに見つけることが出来ないのだ。

彼は自分が入ってきた場所の壁を肩で強く押してみた。石に見えるが本当はベニヤ板に漆喰《しっくい》が塗ってあるだけかもしれない。だが肩に痣《あざ》が出来るかと思うほど固く、びくともしなかった。もしかしてドアから何から全部石で出来ているのか？　そんなことがありうるのだろうか？

「出る方法はあるんです。それが何だかおわかりですか？」

ジェイミーは疲れていらいらしてきた。どんな仕組みだか知らないが、今どきこんなトリックが流行るわけがない。ドアも窓も鍵もなく、ロープで巻き上げるような装置とか、道具らしきものもない。この岩とこの岩を触《さわ》れば扉が開く、というような組み合わせでもあるのか。それとも「開けゴマ」みたいな秘密の合い言葉があるのか。仮にそんなものがあったとしても、見当すらつかない。

「お手上げですか？」

ジェイミーは答える代わりにぎりぎりまで下がり、三歩走って、思いきり壁にフライング・キックをかました。当然のごとくはじき返された。壁には窪み一つ残らなかった。

「ああ」彼は立ち上がりながら言った。「降参だ」

「答えを申しましょう」催眠術師の芝居じみた声がした。「ジェイミー、歩いてその壁を通り抜けるんです！」

気は確かなのか？　ショーが台無しになりかねないような無茶苦茶なことを言い始めたぞ。

「出来っこない」ジェイミーは無愛想につっぱねた。「誰が壁を通り抜けたりなんかするもんか」

「ジェイミー、実の話をすると、いや、これは真剣な話です、その壁はきみの頭の中にしかないものなのです。だから、通り抜けられると思えば本当に通り抜けられるのです」

ジェイミーは腕を伸ばして石壁の上に手を置いた。

「冗談はやめてくれ」

「いいでしょう、ジェイミー。ここで種明かしをしましょうか。きみは自覚していないだけで、実はさっきから催眠術に掛かっているのです。きみの周りに壁など存在しない。きみは今カリフォルニアのロングビーチにある、ラファイエット・ホテルのステージに立っている。そして自分は壁の中に閉じ込められているなんて思っているのは、この会場できみただ一人なのです」

それを聞いたところで石壁はびくともしなかった。

「なんでこんなことするんだ？　人をからかっておもしろいか？」

「そのとおり。おもしろいからやっているんです。ジェイミー、あなたが実験台になりたいと申し出たのですよ。気づかなかっただけで、今までもずっとこういうことは起こり続けてきたはずだ。そして今日ここで起きたことを、この先ずっと忘れることはないでしょう」

「助けてくれ、頼むよ！」誇りも怒りもどこかへ吹き飛び、ジェイミーはすがりついた。

「あなたが自力で出られるよう、お手伝いしましょう。われわれは、自分の思い込みにがんじがらめになる必要なんてないのですからね。これから三つ数えます。そうしたらわたしがあなたのいる部屋の片方から壁を突き抜けて入ります。そしてあなたの手を取り、そのまま いっしょに反対側の壁を通り抜けます。それで自由になります」

誰がそんなことまともに信じるというんだ。ジェイミーはそう思ったが口をつぐんだ。

「一つ」と催眠術師の声がした。「二つ」。とてつもなく長く感じられた。「三つ」。

突然ブラックスミスが言ったとおりのことが起きた。一瞬、石壁の一部が水のように滲《にじ》んでゆがんで見えた。次の瞬間、しみ一つないタキシード姿のブラックスミスが壁をするりと抜けて牢獄に踏み込んできた。そしてあっけに取られているジェイミーに手を差し伸べた。

彼は一気に緊張がほどけ、催眠術師の手を握った。

「まさか……」

催眠術師は立ち止まらず、無言のまま彼の手を引き、大股で壁の反対側へ歩いた。

それは悲鳴のように聞こえた。ジェイミー本人は叫んだつもりはなかったが、驚愕のあまり口から大きなわめき声が出たのだ。ブラックスミスの体が石壁の中へ溶けるように消えていく。ジェイミーは目に見えない腕に捕まえられて壁の中へ引きずり込まれる。

そのとき発したわめき声は、壁に吸い込まれてくぐもって聞こえた。

直後、指をパチンと鳴らす音がして、気づくと元のステージに立っていた。手はブラックスミスの手を握り締めたまま、まばゆいスポットライトに照らされ、固唾《かたず》を呑んで見守っていた人々の拍手に包まれている。

スポットライトの向こう側、総立ちで催眠術師に拍手喝采する最前列の様子が見える。人々は何か不可解な表情を浮かべつつ、その拍手をジェイミーにも送っているようだ。

それがショーのフィナーレだった。ブラックスミスはジェイミーを拍手の渦の中に残していったん舞台袖に下がり、二度ステージに戻ってきてお辞儀をした。やがて拍手が収まり場内に照明が戻ると、人々は口々に小声で話しながら、パンフレットやジャケットやハンドバッグを持って立ち上がる。

ジェイミーが階段をよろけながら下りていくと、そこにいた観客の何人かが、すごかったですねと満面の笑みで声をかけてきた。「今のは本物だったんですか？　石とか壁とか、リアルに感じました？」

「リアルも何も、本当にあったんです」

彼らは笑ったが、やがて困惑の混じった薄笑いになった。「あなた、ずっとステージの上にいたんですよ、真ん中の何にもない所に。ブラックスミスが左にいてずっと話しかけてましたよね。あなたの様子はまったく真に迫っていました。最後のほうで跳び上がって壁を蹴る真似をしたでしょう。あれにはびっくりした。じゃあ、ほんとに壁に囲まれていると思い込んだんですね」

思い込むどころではなかった。実際に壁の中にいたのだ。

アパートへの帰り道、ジェイミー・フォーブスはついさっき体験した一部始終を、何度も何度も思い起こしていた。石壁は頑丈で、どんな鋼鉄にも負けない固さだった。あれがただの思い込みだったというのか？　下手をすれば壁の中に永遠に閉じ込められて飢え死にしていたかもしれない。ん？、閉じ込められるって何にだ？　思い込み以上の何か、疑う余地もない確信に閉じ込められたのだったか？

　ブラックスミスが発したほんのひと言がきっかけだった。あいつは「さあ、わたしが言うことをイメージしながら、少しいっしょに歩いてみましょう」と言ったのだ。

　ぼくは催眠術になんか掛からないと思っていたんじゃなかったか。にもかかわらずあの口ぶりに乗せられ、牢獄の中に足を踏み入れた。どうしてそんなことが可能なんだ？

　しかし、仮にあのまま一人放っておかれたとしても、催眠術のショーで死ぬはずがなかったとわかるのは何年も経ってからの話だ。ステージでごろんとひと眠りして目覚めれば自然に術が解け、さっきまで毛ほどの疑いもないくらいリアルだった壁の幻も消えていたはずだとは思いもしなかった。その夜、彼はまんじりともせずに自問自答をくりかえした。

第五章

翌日の夜、ラファイエット・ホテルのロビーには昨日と同じ看板が出ていた。

ブラックスミス・ザ・グレートの
催眠エンターテインメント
あなたは驚くべき〝思念のパワー〟を体験する！
今夜上演

その日が千秋楽だった。ジェイミー・フォーブスは観客席の真ん中あたり、S列の中央、ステージから一〇〇フィート離れた席に陣取った。今夜は参加するために来たわけじゃないぞ、観客に混じって確《しか》と見てやろうと身構えていた。あいつが昨夜ぼくに何をしたのか、どうやってあれをやったのかを。

いざ始まってみるとどの演目もやっぱりおもしろくて、つい惹き込まれそうになるのだが、気を引き締めて観察に徹した。ステージの上で催眠術師が一番目の被術者の耳に何やらささやいた。するとその女はすぐに催眠状態に入った。

催眠術師はまずトランプをよく切り、ちらっと彼女に見せる。次に観客だけに見えるよう一枚ずつ順番にめくり、彼女にそれがどんなカードかを当てさせる。彼女は一度も間違えることなく、五二枚すべてを順番どおり言い当てた。

また催眠術師は志願者の中から体つきのきゃしゃな人を選び、「さあ、あなたの腕はこわばって鉄の棒のように固くなりますよ」と言った。そうしておいて客席から腕っぷしの強そうな男たちを呼んでステージに上げ、被験者の細い腕を曲げさせようとする。だが誰一人、曲げることが出来なかった。屈強な男たちは首をひねりながら客席に戻った。

今度は十代の女の子に向かって催眠術師は言った。「きみには、ここにおいでのドーラ・チャップマン夫人の、亡くなったご主人の霊がはっきり見えます。今きみの目のまえに立っています。ミスター・チャップマンはどんなふうに見えますか?」

「はい、見えます」女の子はまばたきもしないで虚空を見ながら答える。「背は高くて、すらっとしていて、目は茶色。黒髪を櫛で後ろになでつけてあって……チョビひげを生やしているわ。なんだか、すごくいいことがあったみたいに笑ってる。乗馬服のようなのを着て、きちっとして……お洒落なの。それから黒の蝶ネクタイを締めて……」

女の子が話し終わると、スクリーンに男の写真が映し出された。着ているものは違っているが、あとはすべて彼女が言ったとおりの男だ。写真を撮る少し前に捻挫か骨折をしたらしく、腕を包帯で吊っていたが、そのチャップマンという人物であるのに違いない。女の子にはどういうわけかその姿が見えるのだ。初めジェイミーは、これは予《あらかじ》め打ち合わせ済みのやらせじゃないのかと疑った。

催眠術師が今度はチャップマン夫人にマイクを向け、夫君の話をするように促すと、「あの人は乗馬が好きでしてね、馬をそりゃあ可愛がっていましたわ」と夫人はつぶやいた。彼女が懐かしそうに同じ言葉をくりかえすマイク越しの柔らかな声音が会場に流れた。

かくてショーは続いてゆき、ブラックスミスは謳《うた》い文句どおり、普通の人間に術を掛け、驚くべき力を発揮させた。ジェイミーも昨夜まんまとそれに引っ掛かってしまったのだった。

先週からこの会場を訪れた観客や実際に催眠術に掛けられた者たちも、舞台上で本当は何が起きているのか深く怪しみ、考えることがあるのだろうか。

彼は他のことに気を逸《そ》らせることで、またトランス状態に陥らぬよう、かろうじて自分を保っていた。そうこうしているうちに最後のコーナーになった。ステージには術を受けてみようという人が三人。催眠術師がそれぞれの後ろにまわり、まず一人の肩に手を当てる。すると一人めは後ろに下がり、二人めは倒れそうになって彼に抱き起こされる。三人めは肩を押されても動じなかった。ブラックスミスは、一人めと三人めに礼を述べ、拍手で客席に送り返した。その馬鹿丁寧なしぐさはまさに興行師のもので、いちいち芝居じみている。

二人めの女がステージに残った。催眠術師は彼女の耳もとに何かささやきかける。ジェイミーはその唇の動きを読み取ろうと目を凝らしたが、一語〝旅〟らしきものしかわからなかった。昨夜ジェイミーに耳打ちしたのとは違うことを言っているようだ。ささやく時間も少し長い。

「さて、お名前は何とおっしゃいます?」ブラックスミスはみんなに聞こえるように質問をした。

「ロニーです」女の声はまだしっかりしている。

「ご名答」催眠術師は会場の笑いが静まるのを待って声の調子を上げる。「ではロニー、わたしたちは今夜ここで会う前に、どこかで会ったことがありますかな?」

「いいえ」

「そのとおりです。ロニー、恐れ入ります、こちらに歩いてきてください」

ステージの二人は、並んでゆっくり歩いているだけだ。テレビの画面みたいにどこかから〝こっちが催眠術師〟という矢印が現れるわけではないし、〝こっちの女性は今、催眠状態に入りました〟などという説明書きが舞台袖に出るわけでもない。何も変わったところはなかった。

二人はステージの端から真ん中へ歩いた。そこからは女だけがさらに三歩進んだが、彼女は一人で歩いているのに気づいていないようだ。そしてふり返ってあたりを見まわす。

ジェイミーの手がすっと冷たくなる。彼女の目に何が映っているかがわかる。石と壁の独房――。だが彼女の周りにそんなものはない。何もない。あるのは空気とステージと、それを見守る観客だけ。どんな薄っぺらなカーテン、小さな鏡の一枚もありはしなかった。照明を使ったトリックもない。

にもかかわらず女は顔を曇らせた。昨夜の彼もそうだったに違いない。ドアはどこへ行ってしまったのか？　ブラックスミスはどこに行ったのか？

光源のない独房内がなぜ明るかったか、昨夜の彼は疑問すら持つ余裕がなかった。今スポットライトの中にいる彼女もそのように見える。石壁に残るあの松明の煤痕《すすあと》は彼女の目にも映っているだろうか。

彼は彼女が透明な壁に近づいて、それに触れる様子に目を凝らした。彼女は壁を押し、左の方に伝い歩きをして、もう一度押す。

彼女がイメージしているのはぼくが見たのとは違う種類の石かもしれないが、同じようにひどく固いものであることには変わりないだろう。

「あのう、誰か聞こえますか？」と彼女が言う。

観客の間からクスクス笑いが聞こえる。もちろん聞こえていますとも、ずっとここで見てますよ。

ジェイミーは笑わなかった。少し恐怖さえ覚え始めていた。

何を恐れるというのか。なぜ昨日からそんなに怯えているのか。

罠に落ちてしまった——だからだ。石の中に閉じ込められ、ドアもなく窓もない。石の天井と石の床。まるでティーカップに落ちた虫。出口はない。

だけどそんなのは全部嘘っぱちだった。彼は食い入るように舞台を見つめた。さっきブラックスミスは彼女に階段を下りるように指示し、さらに何かをささやいた。階段を下りきったところにドアがあるという設定は、何もかも昨日とまったく同じだった。ただし今、彼の醒《さ》めきった目にはすべてが違って見える。あの女の人は何もないステージに立ち、頭の中で壁を作り出しているだけなのだ。気の毒で仕方なかった。

観客はその姿をおもしろおかしそうに眺めている。彼はといえば通路をステージへと駈け下りて、彼女を助け出したい衝動を必死にこらえている。

彼は自分に問いただす。おいジェイミー、何からどうやってあの人を救い出すつもりだ？　こちら側で見ているぼくらは、あそこに何もないとわかっているが、本人は分厚い石壁の中に閉じ込められていると完全に信じている。食べ物も水もない場所に追い込まれ、空気さえ薄れていくような不安に苛まれている。そんながんじがらめの催眠状態からどうやって解き放ってやれるというんだ？

昨日あのとき、彼の心の中に入ってきて、壁など幻だと見抜かせることの出来た第三者がはたしていただろうか。もし誰かが助けに来てくれたとしても、きっと血走ったぼくの目には映らなかった。目の前にでも現れなければ見えなかったに違いない。

でも見えたところでどうなる。固い壁の中からいきなり飛び出して来たやつのことを、すぐに信用できるだろうか。全部きみの幻想なんだと言われて、ああそうですか、壁なんかないんですねとあっさり納得できるものか。

「ちょっと」ロニーは焦り始めていた。「ブラックスミスさん？　ここに閉じ込める気なの？　ブラックスミスさん、聞こえてる？　ブラックスミスさん！」

ジェイミーは信じられない思いで催眠術師を睨《にら》んだ。あんたはなぜ平然としていられるんだ、その人は今にも泣きだしそうな顔をしてるじゃないか。

ロニーは頭の中で作り出した壁に体当たりする。そのしぐさからすると壁の内側はカーブになっているみたいだ。両手で壁を激しく叩く。このままいくと血が出るんじゃないかと思うほどに。

たくさんだブラックスミス、もうやめてくれ、と彼は叫びそうになった。

会場からひそひそ声が湧き、観客の顔から笑みが消えた。そろそろ誰もが不快になってきたのだ。

潮時だった。実演はうまくいったのだ。催眠術師は被験者から五フィートの距離まで歩み寄る。会場中の目が彼に注がれる。

「ロニー、出る方法はあるんです。それが何だかおわかりですか?」

彼女は苦悶の表情を浮かべ、絶望的な声を漏らす。「わからない」

ジェイミーは心の中で叫んだ。歩いてくれロニー、抜け出してその野郎をぶん殴ってやれ!

彼女に起きていた事態は催眠療法で〈負の幻覚〉と呼ばれる現象だったのだが、ジェイミーがそれを知るのはもっと先の話だった。ロニーには〈正の幻覚〉である石壁という具体物が見え、それが彼女の視界を遮《さえぎ》り、現に目の前にいるブラックスミスの姿を見えなくさせていたのだ。彼女は仮象《かしょう》としての壁にいつまでも閉じ込められていた。

ジェイミーには、ブラックスミスが指をパチンと鳴らして催眠を解く以外、ロニーを元に戻す方法はないと思えた。さもないと彼女はそのまま空腹と喉の渇きで死んでしまうのではないかとさえ疑われた。まともに考えればそんなはずはないのだが、舞台に釘づけになっていた彼はそう思い込んでしまった。

「なんとか出られないか手を尽くしましたか？」ブラックスミスが問いかける。

彼女はその目にしか見えない石の壁を両手で押し、うなだれ、力なくうなずいた。

「お手上げでしょうか？」

彼女は首を縦に振る。痛ましいほど疲れきっている。

「ではお教えしましょう」芝居がかった調子で催眠術師は畳みかける。「ロニー、歩いて壁を突き抜けるのです！」

彼女は身じろぎもしない。支えるものなど何もない空間で、壁に寄りかかるような姿勢でじっとしている。彼女にしてみれば、突き抜けられるような壁でないことは明らかなのだ。

叩いたってびくともしない壁を、体ごと突き抜けられるわけがない。

「ロニー、本当のことを言いましょう。からかってなどいませんよ。その壁はあなたが頭の中でこしらえたものなのです。ですから、あなたがそう望みさえすれば壁を通り抜けられるのです」

　この男はこれまで何度この台詞《せりふ》を吐いてきたのだろう。真実ではあっても到底それを受け入れようのない立場に追い込まれている相手を目の前にして、あんたは胸の中で一人ほくそ笑んでいるんじゃないのか？

「ロニー、種明かしをしましょうか」ブラックスミスは観客の方に向きなおり、芝居じみた謎解きを始めた。「あなたはさっきから催眠術に掛かっているのです。あなたの周りに壁などありはしない。あなたは今、カリフォルニアのロングビーチにあるラファイエット・ホテルのステージに立っているのです。あなたがその牢獄に閉じ込められていると思っているのは、この会場であなたただ一人なんですよ」

「お願い、傷つけないで」

「傷つけたりなどしません、お約束します。あなたが自力で出られるよう、お手伝いするだけです。われわれは自分の思い込みにがんじがらめになる必要などない。己が何者であるかを思い出せばいいのです。さあ、これから三つ数えますよ。そうしたらわたしは、あなたがいる部屋の片方から壁を突き抜けて入ります。そしてあなたの手を取りますから、そのままいっしょに反対側の壁を通り抜けましょう。それであなたは自由になります」

ロニーは笑いとも咳ともつかない声を漏らした。いいから早く出してよと言うように。

「一」ブラックスミスがカウントを始める。「二」。

「三」。

そして彼はその場にいる誰にでも出来ることをした。ただ四歩歩いて彼女の横に立つ、それだけの単純な動作だった。

ロニーは彼の姿を目に留め、息を呑んだ。彼女の絶叫で会場が凍りついた。

ブラックスミスが片手を差し出すと、彼女は彼に跳びつき、しがみ付いた。

「さあ、ごいっしょに」彼は彼女の腕をつかんだ。「いっしょに通り抜けま……」

「放して」彼女は叫ぶ。「いや、いやよ!」

「そのドアから出ますよ」催眠術師は落ち着きはらっていた。

前にも似たようなことがあったに違いない。ぼくの場合以上にロニーは度を超えたところまで行ってしまった。それで催眠術師はちょっとばかり計画を変更し、ぼくのときには使わなかったプランB、つまり「ドアから出る」という暗示を使うことにしたのだ。

ならば最後のプランCは何だ。多分それが例の指を鳴らすことじゃないのか。それで彼女はわれに返り、ステージ上の自分や観客を意識に取り戻す。また自ら望んで催眠術を受けたのだったと思い出す――違うだろうか。

舞台上では、ここから出られると気も狂わんばかりに興奮したロニーが催眠術師の手をふり払い、見えないドアの見えないハンドルをひっつかんだ。しかしドアが開かないという落胆のしぐさに続いて何歩か走って立ち止まり、息を切らして催眠術師をふり返った。ブラックスミスがもう一度手を差し伸べると、今度こそその手を取った。催眠術師は空いている方の手を自分の頬の横にかかげ、微笑みながら彼女の目を覗き込んで、指をパチンと鳴らす。

と、彼女は顔でもひっぱたかれたみたいに目を見開き、後ろにのけぞった。

次の瞬間、衝撃波のような拍手が起こった。会場を覆っていた耐えがたいほどの緊張が一気に解放された。眼前の出来事に放心して立ち上がる人たちもいた。

ブラックスミスがお辞儀をした。彼に手を取られ、ロニーもぎこちなくそれに倣《なら》った。

ホールは驚きと興奮に包まれる。

割れんばかりの喝采を浴びながらロニーは頬の涙をぬぐい、顔をゆがめ、ブラックスミスに向かって何かつぶやく。それはS列の席にいるジェイミーにも読み取ることができた。今、わたしに何をしたの？

ブラックスミスは彼女にだけ聞こえる声で何か答えてから、観客の方に向きなおった。その唇が、ありがとうございました、と動いた。そして自信に満ちた顔がこう言わんばかりに会場を見つめていた。

「みなさん方、思い込みの力をゆめゆめ甘く見てはなりませんぞ！」

＊

ジェイミー・フォーブスはそれから幾日もの間、世にも奇妙な見世物の記憶の中をさまよい、ああでもないこうでもないと頭をひねった。だが結局答えを見つけられぬまま、やがて一生続くことになる飛行機との熱い出会いによって、謎はいつしか忘却の淵に押しやられた——。

その謎が何十年も経った今、ネブラスカ州ノース・プラットに射す朝の陽光の中で息を吹き返したのだった。

第六章

午前八時半、空港のカフェは混み合っていた。なんとか空いている席を見つけて座り、メニューを開いた。

「ここ、相席させてもらってよろしいかしら？」

ジェイミー・フォーブスは声の主を見上げた。ひと目見て好きなタイプの女性だと思った。「もちろんですよ」

彼女は背負っていたバックパックを横に置くなり訊いてきた。「ここで飛行訓練が受けられるのかしら？」

「いや」彼は窓の外の空を指さした。「それならまずあそこに一度行ってみてからでないと」

彼女はそちらを見上げてうなずいた。「いつかあの空を飛ぶんだ、操縦を習うんだって、ずっと思ってたんです。絶対そうするつもりだったのに叶えられなかったけれど」

「今からでも遅くはない」

「そうね」彼女は少し悲しげな笑みを浮かべた。「でもわたしにはもう遅いわ」そう言って握手を求めた。「ディー・ハロックと言います」

「ジェイミー・フォーブスだ」

二人はメニューに戻った。彼は軽めの食事にしようと思った。オレンジ・ジュースとトーストなら体に良さそうだ。

「ご旅行中ですか?」と彼は訊いた。

「ええ、ヒッチハイクで」と言いながら彼女はメニューを置くと、回ってきたウェイトレスに注文した。「ハーブティとトーストをお願いするわ。ミントティと小麦のパンでね」

「かしこまりました」ウェイトレスはそれを空で覚え、ジェイミーに向きなおった。

「ホット・チョコレート、それにライ麦パンをトーストしてもらおうかな」

ヒッチハイクだって?

「これからお飛びになるんでしょう?　今朝はずいぶんと軽食ですね」とウェイトレスは訊いた。

「軽めぐらいがちょうどいいんだ」と答えると、彼女は二人分の注文を記憶し、にっこり笑って他の席に移っていった。

「ヒッチハイクって言ったけど車をかい、それとも飛行機を？」

「飛行機は思いつかなかったわ」ディーと名乗った女は言った。「そんなことができるの？」

「訊いて損はないと思いますね。ただし気を付けたほうがいい」

「というと？」

「この辺りは山岳地帯なんですよ。乗客が増えると高度を保てない飛行機も中にはある」

年は四〇代前半というところか。見たところキャリアウーマンらしいが、なんでまたヒッチハイキングなんかしているんだ？

「その理由はね、ある仮説を確かめたいからなの」

栗色の髪に、とび色の瞳。なんともきれいで吸い込まれそうな目だ。この目が彼女の顔に好奇心の強い、聡明な印象を与えている。

「理由？」

「今、どうしてヒッチハイキングなんかしてるんだ、って思われたんじゃなくて？」

彼は面喰った。「確かにそう思ってたところだ。それで、どんな仮説を確かめているんですか？」

「偶然の一致なんてないということを」

おもしろそうだなと思った。「偶然がないとしたら、いったい何があるのかな?」

「わたしはね、可能性ってものは、そこらじゅう平等に散らばっているってことを探索中で」と彼女は言った。「つまり、この世界にはどんな可能性だってありうると思っているのよ。例えば、初対面どうしのあなたとわたしに共通のとても大事な知り合いがいる可能性があったとしても驚かない。それからわたしたちがここで知り合ったことに理由があったのだとしても、やっぱり驚いたりしないわ。全然ね」。彼女は本当に理由があるのよとでも言いたげな目をした。

「だとしても、そうだと知る手だてはないんじゃないかな」

彼女は微笑んだ。「偶然の一致がそれだわ」

「でも偶然の一致なんてないと言わなかったかい?」

「そう。偶然が起きたということは、そこに意味があるということを確かめたいの」

それは探索しがいがありそうだ。「それでオフィスを飛び出して、道端に立って偶然を見つけようっていうんだね」

彼女は相槌を打つ。

「だけどヒッチハイクなんて物騒だとは思わないかい? あなたみたいなきれいな人が一人で知らない人の車に乗るなんて」

彼女はありえないとでもいうように笑った。「わたしは危険なんて引き寄せるタイプじゃないから平気だわ」

そうだろうとも。ずいぶん自信があるようだが、それとも世間知らずなだけなのか。「それで、あなたの仮説は正しかったのかな?」

「まだ法則とまでは言えないけど、そうね、あと少しで自分なりのセオリーと言っていいところまで来ているかしら」

危険を引き寄せるタイプがどうのとさっき笑っていたが、あれはどういう意味だったのだろう。

「あなたにとってぼくは偶然だろうか?」

「わたしにとってジェイミーなる人物は偶然にすぎない存在か……?」彼女は、彼には見えない誰かに問いかける口調でつぶやいた。「もちろん違う。そのことはあとで説明させていただくわ」

「ぼくはあなたと会ったのはただの偶然だと思う。それでじゅうぶんだ。ま、ともかくあなたの旅が安全であることを祈るばかりだ」

「こうやって話してきたけれど、テーブルのそちら側に意味がちゃんと伝わっていないみたい。でも、どう? あなた、これまでのあなたと何かしら変わったこともあるんじゃな

「これまでと変わったことって言うけど、そこがポイントかもしれないな」と彼は答えた。「何かあっと驚くようなこと、これまでのぼくの人生を揺るがすような、目からうろこが落ちるようなことを言ってくれたら、あなたとの出会いは偶然のいたずらなんかじゃないって思いなおすけどね」

彼女はしばらくして何か思いついたように、にんまりした。「いいわ。これならどう？ わたしはね、催眠術師なの」

いかしら？」

第七章

ジェイミー・フォーブスは、何かの言葉に驚いて文字どおり跳び上がりそうになることがある。喩えるなら、飛行機に乗っていて誰も送信していないはずの白色雑音《ホワイトノイズ》が突然大音量で無線から鳴りだしたり、雷による妨害電波がなだれ込んで動転させられる感じに似ている。

すると説明不可能なものに抵抗しようと思考が暴走するのだ。彼は数えるともなく数を数える。七つ目でようやく聴覚が戻ってくる。

ついさっきまで、自分は昨日はたして本当にマリア・オチョアを空中で催眠に掛けたのかと考えあぐねていた。そんなときに、よりによってなぜ催眠術師だなんていうけったいな女が前に座ったんだ？　――カフェが混んでいたからには違いないが。

それにしても、ぼくの考えてることがいちいちわかったのはなぜだろう。人の心が読めるのか。人間の姿をした得体の知れない何かなのか。ネブラスカのノース・プラットくんだりでまさか宇宙人にとっつかまって、変なことに巻き込まれてるんじゃあるまいな。初対面だというのに、ぼくの人生がまさに今転機にあることをお見通しみたいだ。

なあに、たまたまさ。ただの偶然。それだけのこと。どう見ても火星人には見えない。

長い沈黙があった。彼はちらっと空の方を見やり、もう一度彼女の目を見た。「あなたの職業を知ればぼくの人生が変わるとでも思ってるらしいけど、その理由を聞かせてもらいたいものだ」

ウェイトレスが朝食を運んできた。「他にご注文は？」

彼は小さくかぶりを振った。

「結構よ」と催眠術師の女も断った。

二人揃ってトーストをかじりながら、彼は目で彼女に問いかけた。催眠術師だからって、それがぼくにどんな関係があるっていうんだ？

「もしかして、あなたなら興味があるんじゃないかと思っただけ。わたしはいつもこうなのよ。つまり直感に従う。直感を無視したり、ばからしいと言って片づけたくない。思ったとおり。あなた、ほんとは興味津々でしょう？」

「まあね。実は気になっていることがあるんだ」

「聞かせてくださる？」

　彼は昨日の出来事を打ち明けた。そして今朝ここに来る途中で目にした新聞によると、彼がマリアに催眠術を掛け、機長になったふりをさせたとマリア自身が語ったこと、だが彼にははたしてあれが催眠術と呼べるものなのかわからずにいることを話した。

　彼女はプロフェッショナルらしい冷静な目で彼を見た。「あなたがしたのは、機長ごっこ以上のことだったのは確かだわ」

「わからないな。そもそも催眠術って何なんだい？」ジェイミー・フォーブスの取り柄は、何か知りたいことがあれば人にどう思われようと気にせず問いを発する点だ。

「催眠術というのは」彼女のほうもよくぞ訊いてくれたと言わんばかりだ。「暗示が受け入れられた状態のことなの」

　彼は先を待った。

　彼女は肩をすくめた。

「それだけ？」

　彼女はこっくりうなずいた。

「それじゃ漠然としすぎやしないかい？」

「そうかしら。今の話をもう一度聞かせて。覚えていることを全部。あなたが相手に催眠術を掛ける場面が来たら、ストップをかけるから」

　彼は配膳台の上にある時計を見やった。アールデコ調のもので、プロペラを模《かたど》ったクロムめっきの二本の針が九と三の位置を指している。

「でも、そろそろ行かないと」

「行ってらっしゃい。だけど、この話も大事なんじゃない？」

　ゴーサインかと思えばいったん停止か。彼は戸惑った。しかしこの人の言うのは正しいかもしれない。今ちょうど前線が移動中で、天気は東に向かって回復しつつある。まだ朝も早いし、あと少し天気が回復するまで待ったって構わないのだ。

「わかった。やってみよう」彼はもう一度、昨日の出来事を思い出せる限りくわしく話し始めた。おそらく機長ごっこのところで彼女のストップがかかるはずだ。

「始めに女の人が『誰か助けて、この人が死んだらどうなるの？』と叫んでいた。それでぼくは、そう決めつけるのはまだ早いですよと声をかけた」

「そこよ」女性催眠術師は間髪を容れずに言葉をさし挟んだ。「あなたはその人が早とちりをしていて、旦那さんはまだ生きてるかもしれないと仄めかしたわけね。彼女の頭にはなかった考えだったはずよ。彼女はそれを受け入れて望みをもった。いいえ、それ以上ね。生きる意味を取り戻したわけだから」

彼はそんなふうに考えてもみなかった。「ぼくはそれから、ご主人が駄目ならマリアさんが操縦すればいいと言った」

「そこもよ」彼女はまた説明を入れた。「あなたは彼女にも飛行機を飛ばせることを仄めかした。それも彼女にとって新しい選択肢になった」

「そして『わたしたちがご主人を地上に連れて帰らないと』と言った。わたしたち、という言葉を使ったのは、彼女が次に何を言うかわかってたからなんだけどね」

「それもだわ。あなたは知らず知らずマリアを催眠術に掛けただけじゃない。自分の言葉が与える催眠効果をわかってやっていた」

「出来っこない、と彼女が言うので、ぼくは『あなたとわたしの二人でいっしょにやりましょう』と説得した」

「そこもそうよ。あなたは操縦できないという彼女の言い分を認めない一方で、ベテランならではの声の調子や落ち着きはらった態度で、彼女にも出来ると言いきった。つまり、逆のことを信じ込ませた。否定と肯定をうまく使い分けて暗示を与え、そこから実際の行動に誘導していった」

そんなやりとりが延々と続いた。ディーは彼の話のひと区切りごとにストップをかけたと言っていい。彼がマリアには飛行機を操作するじゅうぶんな力があると示唆し、本人にもそれを認めさせたこと、言葉による説得力以上に教官としての冷静な対応ぶりで彼女に信頼感を与えたこと、指示に従えば無事に着陸できると納得させたこと、彼がユーモアたっぷりに励ましリラックスさせたこと……。彼が思い出しつつ語ったすべての場面について、彼女はいちいち解説を加えたのだった。

彼はしまいにはすっかり感服し、首を縦に振るしかなかった。たまたま朝食を共にすることになった女の言うとおり、自分がマリアの心理を巧みに誘導したということを事実として受け入れざるをえなくなってきた。それでも、催眠術というものが、素人でもそれほど簡単に出来るものなのかという疑問は残る。

「ぼくが『これから管制塔と別の無線を使って話しますが、マリアさんの声もちゃんと聞いていますから、いつでも話しかけてきてください』と言うと」

「ストップ。今のはどういう意味だったのかしら?」

「あなたは何もしなくていい。教官たる者、他人と話していても、ちゃんとあなたを見守ってますよ、って」

「そういうことよね」

「管制塔に向かってはこう伝えた。緊急要請なんて必要ない、念のため救急車と消防車をお願いします。車両は着陸機の後ろからそっと来て、彼女の気が散らないようにしてください、と」

「ストップ、そこもよ。今のは何をしようとしていたの？」

彼の顔に笑顔が浮かんだ。「管制官を催眠に掛けようとした」

彼女は大まじめな顔でうなずいた。「そうよ。自分は状況を掌握している、だから管制塔もこちらの判断に従うようにと暗示した」

「……それから彼女に向けてこう言ったんだ。『マリアさん、前方に滑走路があるので、ゆっくり大きくターンして向きをそろえましょう。急がずスムーズに。簡単でしょ？』」

「ほら、またやってるわ。まだこれからのことを、すでにうまくいったみたいな言い方をする」

「本当だ、やってるね」

「ねえ、考えてみて。昨日の出来事の中で、あなたがどのぐらい暗示を出したか。二〇回か三〇回ぐらいかしら。今、話さなかった部分も入れたら、もっとかもしれない。わたしはクライアントたちを見ていて、こちらのひと言ですぐに軽い催眠状態に入っていくのがわかるの」彼女はティーカップを持ち上げたまま、飲むでもなく話し続けた。「暗示を受け、肯定し、確信する。そのくりかえしなのよ。催眠術に掛かるというのは、ほら映画なんかでよく渦に巻き込まれる映像が出てくるでしょう？　まさにあれよ」

「とすると、ぼくだけじゃない。誰でも催眠術を掛けられる、みんな出来る力を持ってるってことかい？」

「出来るなんてものじゃない、みんな毎日普通にやっているわ。教官、あなただって。わたしもそう。朝から晩までね」

ジェイミーは彼女の表情をうかがっていた。自分の話は彼にまだ信用されていないと彼女は思っているようだ。

彼女は身を乗り出し、真剣なまなざしを向けてきた。「ジェイミー、わたしたちが何か言ったり思ったりするたびに、それは起きているわ。わたしはこうだ、こんなふうに感じる、ああしたいこうしたい、こうこう、こう思う、確信する。きみはこうだ、こんなふうに見える。あなたには出来る、出来ない。ああしろ、こうしろ。自分は何々すべきなんだ、何々するつもりだ……。いつも何かしらの価値判断をしているわよね。あれがよい、いやそっちのほうがよい、一番よいのはこっちだ。それはよくない、ひどいものだと。それから……きれいだ、すばらしい、正しい、間違ってる、無意味だ、最悪だ、すてきだ、立派だ、時間の無駄だ……」

彼女は、並べ始めたらきりがないわという表情だ。「人はどこまでもそうやって意見を持つわけだけど、それはただの意見ではなくて暗示なのよ。そしてわたしたちがいったん受け入れた暗示は、どれもわたしたちをいっそうの深みへとこっそり引きずり降ろす。つまり、ひとつ暗示を受け入れたとたん、それが強化されていく」

「ぼくは気分の悪いときがあると、逆にいい気分だと自分に言い聞かせるけど、そうすると〝いい気分〟ってのが強まるってこと?」

「そうよ。たとえ気分が悪くたって、いい気分だと切り返せばそれだけ気分の悪さが減っていく。気分が悪いときに、ああ最悪の気分だと思えば気分はもっと悪くなる。暗示が強化されるってわけね」

そこで彼女は口をつぐみ、一瞬、眉を吊り上げた。どうやら思った以上に熱くなっている自分に驚いているらしい。

「なかなかおもしろい考えだね」彼はそう言った瞬間、自ら発したその言葉が力を帯び、自分を一種の催眠状態へ誘い込むのを感じた。彼女の主張にはおもしろい以上の何かがある。でも、もし彼女の話す内容の半分も本当でなかったら、さて、どうするつもりだ。

「ジェイミー、催眠術は別に不思議なものじゃない、ごくありふれたものよ。ただの反復、くりかえし。暗示なんて、そこらじゅうから出されている。自分からも出してるし、出会う人からも出されている。やれ、こう考えろ、あれをしろ、こんなふうになれ、と。石ころみたいなものからも暗示は出ているのよ。石は固いんだぞ、物質なんだぞっていう暗示がね。本当はすべてのものが一定の連結パターンを持つただのエネルギーなんだと、それがわたしたちの目には物質として見えてるだけなんだとわかっていてもね。本当は固体なんていうものは存在しない、ただそう見えるだけなのにね」

また熱くなりすぎないよう自制しているのか、彼女はカップを手に持ったまま、しばし口をつぐんでいた。

暗示と肯定。確かにそうかもしれない。見たり聞いたり感じたりする暗示のうち、自分が受け入れたものが寄りかたまって自分にとっての真実になる。もともと内側にあって叶えたいと思っていた夢や望みだけでなく、外から受け入れた暗示もまた自分のありようを決めてしまう。

「あなたがマリアにしたのはそういうことだった。彼女をトランス状態に誘い入れたの。飛行機を着陸させたのは彼女でなくあなただった。あなたは彼女が無事に着陸するまで、彼女の体に自分のマインドを潜り込ませたのよ」

彼女はお茶がこぼれぬようそっとカップを下ろした。「ひとつ訊いていいかしら?」そう質問を投げかけてから黙り込んだ。

「何をだい?」彼は待ちくたびれて促した。

「昨日、彼女がちゃんと着陸できなかったら、とは思わなかったの?」

今度は彼が黙り込む番だった。ぼくはこれでも経験を積んだベテラン飛行教官だ。そんな事態は考えてもみなかった。マリアをあの飛行機で着陸させられないなんて、ぼくが愛機を着陸出来ないと言ってるのと同じじゃないか。

「自分自身の暗示を受け入れた状態、それが〈自己催眠〉と呼ばれるものよ」と風変わりな相席者は言い放った。

第八章

若い頃、ジェイミー・フォーブスは思いついたままを口にして、後悔することがしばしばあった。努めてその逆を心がけるうちに、今では言わずに胸にしまっておくことがほとんど習慣になっている。

そのときも何ごともないように装いながら考えた。偶然を追いかけてヒッチハイク中のこのディー・ハーモンとやらの話を聞いて、もっとその先を知りたくなってしまった。ぼくは確かに彼女の話に惹きつけられている。この人が思う以上に。

彼はちらっと時計を見て、一〇ドル札を二枚テーブルに置いた。「そろそろ行かないと。もしこれで足りなかったら悪いが残りはお願いするよ」

「ごちそうさま、そうさせていただくわ。これからどこへ？」

「正午にはアーカンソーに着く。そこからさらに南東に行くつもりだよ」

彼女は立ち上がった彼を見上げ、座ったまま別れのあいさつをした。「ジェイミー・フォーブス、知り合えてよかったわ」

行かなけりゃ、と彼は席を立ち去りながら考えた。が、実のところさして急ぐ用事があるわけじゃなし、ここで一日この人と話して色々教えてもらっても罰《ばち》は当たるまい。少なくともあと二、三時間なら問題ないはずだ。

いいや、そうじゃない。ぼくは行きたいんだ。

今ここでぼくが受け入れる、受け入れたいと感じる暗示はこうだ。――カフェを出たら駐機場を突っ切って愛機まで歩き、座り慣れたコックピットに再び潜り込む。すると幸せな気持ちになって、次から次へと湧いてくる愚にもつかない考えなどどこかへ吹き飛んでしまう――

で、彼は愛機へ戻り、コックピットに潜り込むとシートベルトとショルダーハーネスをしっかりと締めた。ヘルメットをかぶり、無線機のケーブルを接続し、グローブをはめた。ときには決まりきった一連の所作が、きちんと意識してそれを行うことで、何とも言えず気持ちを引き締め心地よくする。

燃料混合気《ミクスチャー》　濃《リッチ》

プロペラ調節レバー　最大《フル・インクリーズ》
点火用磁石発電機《マグネトー》スイッチ　両側《ボース》
バッテリー　オン
燃料昇圧《ブースト》ポンプ　オン。2、3、4、5でオフ
プロペラ周り　クリア
始動《スターター》スイッチ　オン

フロントガラスの前で三枚羽根のプロペラがゆっくりと回り始める。爆音を立ててエンジンが掛かると、羽根は高速回転になってすうっと見えなくなり、そこに漂う青い煙も一瞬で掻き消される。

油圧　オーケー
交流発電機《オルタネーター》　オン

彼にとっていつまでも飽きることなく新鮮であり続けるもの、それが飛ぶことだ。エンジンを掛ける瞬間はいつも新しい冒険の始まりに心が躍る。この手で愛すべき眠れるマシ

ンを目覚めさせ、そのスピリットを蘇らせるのだ。離陸するたびに自らとマシンの魂を一つに溶け合わせ、大地から空へ飛び立つ。そのつど心は昂ぶり、誰もやったことのないことをこの自分はやっているんじゃないかとさえ思う。

まだあそこで朝食を食べているディー・ホーランドとやらのことはしばし忘れ、今この瞬間に集中する。

ぼくと愛機は飛び立つ。

車輪が滑走路から浮く。

対気速度、上昇率ともに良好。油圧、油温、吸気圧《マニホールド・プレッシャー》、エンジン回転数、燃料流量、飛行可能時間、シリンダーヘッド、排気ガス温度、すべて表示ランプがグリーンで許容範囲内に納まっている。ガソリン残量じゅうぶん。上空を確認する。視界はクリア、他に航空機なし。次いで地上を確認。上昇とともに、巻物が解かれるように眼下にゆっくり広がりゆく大地。

いったん操縦の基本を会得してしまえば、コックピットの中に何人もの自分が顔を出す余裕がたっぷり出来る。例えば自分の内のある部分はそのまま飛行機の操縦に専念し、他の部分は何かについて思いを凝らしたり自問自答にふけったりするわけだ。

数分後、ジェイミーは高度七五〇〇フィートを保ちながらアーカンソー目ざして機首を一四〇度の方向に向け、頭の別の部分でこう考え始めた。ハレルソンさんだったっけ、今朝彼女と出会ったのが偶然でないとしたらいったい何なんだ？　あの人は偶然なんてないと言いきっていたけど。

起きたことをいちいち偶然か必然かなんて決めつけなくていい。時を経てふり返ったときに、どっちだったか思い当たるだけのことだ。些細な出会いがずっと心に残る場合があるかと思えば、無数の出来事の一つとして忘れ去られたりする。

ぼくがマリアを無事着陸させるために催眠術を掛けた？　そして自分には彼女を助けられると自己催眠を掛けたって？　催眠術はそれほど普通のものなのだろうか？　自分に掛けたり他人どうしで掛け合ったり、毎日しょっちゅう気づかずやっていると？

どうやら催眠術は、なぜ人間は存在するのかという根源的な問いに答えてくれるものじゃなさそうだ。しかしどんなふうにぼくらがこの場所に来、どんなふうにその存在ゲームを続けていくのかという話の段になると、ずいぶん立ち入ってくるし、饒舌じゃないか。

もしあのヒッチハイク女性の言ったことが正しいとしたら、つまりマリアがトランス状態で着陸したというのが事実だとしたら？

催眠術が本当に誰かの意見なり暗示をそのまま受け入れた状態を言うのなら、毎日絶え間なく催眠を掛け合っているわれわれにとって、目にする世界はすべて、自らの筆でそれらおびただしい暗示を描きなぞった絵のようなものということになる。

無線から「プラット管制塔、こちらスウィフト２３０４ブラボー……滑走路35プラットに、ダウンウィンド左回り四五度で進入します」と、小さな切れ切れの音が入ってきた。声の主の飛行機はおそらくここから何マイルも離れているだろう。

ふと、自分は生まれ落ちて以来今までどんな暗示を受けてきたのだろうと思う。コックピットにいると甲高い雑音の中でかえって静けさを感じるのだが、そこで彼は今、生まれて初めて心の目を開いて自分自身を覗き込んだ。

彼は他者とともに過ごした時間を遡《さかのぼ》って思い起こした。結婚生活や仕事においての時間、そして空軍時代、高校、小中学校、幼少期、赤ん坊の頃まで。結局、自分の属する文化や生活スタイルに馴染《なじ》もうとするなら、暗示を自分の真実として受け入れていく以外に道はなかったんじゃないかと思い返された。

記憶の中には幾千、幾万もの暗示が見えた。まるで暗示の海だった。受け入れ、心酔したものもあれば、ふり返ってみて妥当だと思えるもの思えないもの、拒絶したもの、無視したものもあった。そういう暗示のすべてが、目には見えないまでも、ぼくとあらゆる人々、地上のあらゆる動物、生きとし生けるものの上に注ぎ、浸透し、その中を通過していく。生きるためにはまず食べて眠らねばならないという暗示。暑さや寒さの感覚、痛みと喜びの感情を持ち、心臓を脈打たせ、呼吸をせねばならない。それら自然界の法則を身に付け守ること。そんな暗示もあれば、この人生こそが現在、過去、未来にわたって可能な唯一の自分の人生だという暗示もある。ディー・ハートリッジだったっけ？　彼女は、広大な暗示の海について、ほんの一部をヒントとして見せてくれたにすぎない。彼女の姓はもはやうろ覚えでしかないが、彼女の伝えようとしたことは確かにぼくの何かを目覚めさせたようだ。

どんなレベルのどんな意見であれ、表明されたとたんに暗示になってしまうのだ。同意するか否かはその人次第だが。

彼はそう考えて頭がくらくらしそうになった。操縦中ということさえ忘れそうだった。自分が言ったり人から聞いたり、頭の中で思ったり夢想したり。意見なんてものはそこらじゅうに溢れている。言葉にならない意見もあるだろうし、それまで数え出したらきりがない。ぼくは五〇年以上も、朝起きてから寝るまでずっとその中に浸かって生きてきたのか。

例えば壁を目にしたとする。そして壁を壁として見た瞬間に、〝壁は固くて通り抜けられないものだ〟と明言したことになるわけだ。ぼくらが壁を壁と知覚し、ドアや床や天井や窓をそれと知覚するほんの1ナノ秒の刹那。そして無意識に「ここまでだな、ここまでしかない、ここまでがそうだ」などと思い、それを受け入れる1ミリ秒の刹那。そんな瞬間が一日のうちに何度到来することか。

無意識レベルではそういう極小単位の攻防がどれだけ起きているのかと彼は思う。もしかしたら日に一兆回ぐらいはあるだろうか。壁の例で見たように、建築に関わる範囲だけでも毎日暗示が氾濫しているのだ。他にも認知科学や生物学に関するもの、生理学や化学、航空工学、流体力学、レーザー物理学……挙げだせばきりがないが、人類は自分たちで作り出したありとあらゆる学問によって、とめどなく自分たちの限界を暗示し続ける。

生まれたての赤ん坊は文字どおり赤裸でいきなりそんな外部世界へ投げ出されるわけだから、ものすごい勢いで休む間なしに学習し続けてもすぐには順応できない。赤ん坊のうちは一人では何も出来ないのは、そういうわけだったのだ。まずは外部世界の基礎的なルール、生きるのに不可欠な暗示群をどっさり受け入れる必要があるだろう。魂《スピリット》だけの純粋状態から、時間と空間が支配する世界の習慣にせっせと適応していくわけだ。

幼児期とは、言わば死すべき宿命《モータリティ》を負った人間がその宿命を引き受けつつ生き延びようとする上での、いわば基礎トレーニングの時期だ。あわれ、彼らの前に決壊したダムのような暗示の濁流が否応なしに押し寄せる。そこをどうにか脱して静かな水面へと泳ぎつき、自分の考えを言葉に出来るようになるまでに何年も掛かるのも無理はない。生まれ落ちた瞬間に「助けて！」と叫んでもおかしくない実情だろうに、そう出来ないから、ああやって産声で訴えているんじゃあるまいか。

離陸から一時間一〇分が経過した。エンジン計器はすべてグリーンの範囲内に留まっている。向かい風で対地速度は一五〇ノット。空は晴れわたり、風は穏やかだ。アーカンソーには一時間遅れで到着予定。

彼は思う。人間は生まれ落ちた瞬間から押し寄せてくる波のような暗示の海のど真ん中で、初めて不安や恐れを知るのだと。限りある命《モータル》としてのゲームを続けていこうとすれば、どうしたって危険はつきものだ。いつか滅びがやって来る。

いったんゲームを始めたらプレーし続けなければならないし、自分たちは限りある命《モータル》、壊れやすく無知な存在にすぎないというあの暗示の海を潜り続けなくてはならない。深く、深く、どこまでも深く。本質的なものは、日々五感が見せてくるもっともらしい仮象の向こうに隠されている。ぼくらは盲目的に嘘を真実と信じ込み、それに振りまわされつつ、なんとか命を永らえようとする。しかし人は死ぬまいともがいて初めて、自分は何のために生まれてきたのかと真剣に考え始めるのだ。そしてふと、なぜ人は古《いにしえ》から人生をゲームと呼ぶのかなどと思ったりする。

そうか、本当の答えはすべて隠されているんだ。それを見せかけの答えで満ちた雲海の中から自分の力で見つけ出す、それがこのゲームの主旨じゃないだろうか。だからこそすべてが見えなくしてあるんだ。それから、他人が見つけたものを傍で見ていてよいなと思っても、実際に自分の手に持つとしっくりこない場合があるのは、自分にとっては本当の答えじゃないというわけなのだろう。

幼児たちよ、笑ってはいけない。人間はこのゲームに夢中なんだ。しかしきみたちもいつか自分が人間だという思い込みを受け入れたら、やっぱりゲームに夢中にならずにいられないはずだ。

空軍士官学校で、機上で起こる高度障害について学んだことがある。高高度で飛ぶと現れるとされるものだ。それなら高度覚醒というのがあってもおかしくないのじゃないか。高いところを何年か飛ぶうちに、地上では知りえなかったことがわかるようになるんだ。

ところで、この世ではルールを守らないとゲームをさせてもらえない。

〈時空人生ゲーム〉のルール一、それは当然ながら〝時間と空間を信じること〟だ。

生まれてから二日後には、四次元世界の限界についておびただしい数の暗示にさらされる。あとは一気にそれを確信するところまで進むだろう。〝ぼくは何もできない人間の赤ちゃん〟という迷宮に入り込む。だが、たとえそのときのことを覚えていなくても、ぼくらは早晩ゲームを始め、以後ずっとプレーヤーであることに変わりない。

でも、もしこっちの気が変わったらどうなるか。例えば、この地球で限りある命《モータル》のゲームをするために、吹きやまぬ暗示の砂嵐を甘んじて受けていたわけだが、それを拒絶することにしたら何が起こるだろうか。もし赤ん坊がこう言ったら？「違う、ぼくは魂《スピリット》だ！それ以外の何者でもない。こんな思い込みだらけの幻の世界に閉じ込められるつもりはないし、閉じ込められたふりもしないぞ」

　すると医者がこう言うのだ。「かわいそうに、死産でした。特に病気がなくても出産直後に亡くなることがあるのです。最善は尽くしたのですが……。まったく不公平な世の中です」と。つまり「いち抜けた」と言って、時空ゲームをする必要のない世界にさっさと帰ってしまうという手がある。

　ジェイミー・フォーブスは高度七五〇〇を保ちながら考える。このゲームを続けると決めた子どもたちは、おのずから催眠術に掛けられるのに同意する。それが人間、それがこのぼくというわけか。

　対地速度を一三五ノットまで下げる。ＧＰＳをセットしなおし、行き先をアーカンソーからオクラホマのポンカシティに変更。ここに降りるのは初めてだなと彼は思う。間もなく到着だ。

第九章

「飛行機関係の本は置いてあるかな?」

　ポンカシティの空港の近くに、八十年以上もここで店をやってきましたという佇《たたず》まいの古本屋があった。掘り出し物がありそうだ。

「飛行機関係でしたら」と店の男は言った。「確かこの先の旅行コーナーを左に入って、突き当たり右側の棚にあったはずですよ」

「どうも」

　棚へ行ってみると飛行機の本はあまりなく、買いたいと思っていた水上機の歴史についてのものもなかった。その代わり、これはと思う本が三冊並んでいた。まずブリムとボッゲス（一九三〇年代に航空技術書を数冊共著した）の書いた古い二冊組の珍本『航空機とエンジンのメンテナンス』。元は二冊組で四〇ドルはする本だが、一冊ずつ個別にたった三ドルの値がついている。その横がネビル・シュート（イギリス出身の小説家）の『計算尺』。航空エンジニアでもあった彼の自伝だ。

その棚はたまたま目の高さにあったので、三冊いっぺんに取り出したときに出来た隙間にふと目が行った。普段なら通り過ぎていたはずだが、特に急いでもいなかったので覗き込んでみると、裏側に別の本がはさまっているのに気づいた。ひょっとして探していた『二〇世紀の水上機』ではと思い、取り出して手に取ってみた。

それはお目当ての本どころか、飛行機の本ですらなかった。『ウィンストンズ版・舞台人名鑑』。

題を見た瞬間、ロングビーチのラファイエット・ホテルでの体験がフラッシュバックしてきた。昔自分が出会ったことのある唯一の舞台人。彼はページを繰って、その名前を探した。

サミュエル・ブラック　別名　ブラックスミス・ザ・グレート

アメリカの舞台催眠術師（一九四八―一九八八）。七〇年代中頃まで斯界《しかい》では彼の右に出る者はいないと言われた。

雑誌『バラエティ』のインタビューで彼はこう問いかけた。「我々が壁だと信じているものが実は実体のないものだとしたら？　そして我々の見ている世界は我々の信じているものをそのまま映し出す鏡にすぎないとしたら？」

ブラックは人気絶頂の一九八七年に惜しまれながら引退した。

ブラックは自らが「異次元」と呼ぶ世界の研究を続けた結果、日記に次のように書いた。

「すこぶる興味深い発見があったので、いったんこの肉体から抜け出し、完璧に健康な状態で体に戻ってくることにした」（一九八七年六月二二日付けロサンゼルス・タイムズ）

その翌年の一二月一二日に亡くなっているのが発見されたが死因は不明。

遺族は妻で催眠療法家のグウェンドリン（一九五一年生まれ）。

ジェイミーはそれだけ読むと本を閉じ、飛行機関連の三冊といっしょにカウンターに持っていった。ブリムとボッゲスの本をこんなに安く買っていいものかと申し訳なく思ったが、そのときはさして気にもせず、買う気のない名鑑とともに店主らしき店の男に差し出した。

「これが飛行機の棚の奥にはさまってましたよ。舞台人の本だと思うけど」

「それは失礼しました。わざわざすみません。入れなおしておきましょう」店の男はそう言いながらその本を脇に置いた。「こっちの二冊は一冊三ドルで、ネビル・シュートのほうは四ドル。よろしいですか？」まるでもっとお安くしましょうかという口ぶりだ。

「それで結構。この人の作品は好きなんでね」

「『失われた虹とバラと』、『ラウンド・ザ・ベンド　機上の救世主』、それに『工具小屋の管財人』なんかもいいですな」店の男はわが意を得たりと言わんばかりに、にっこりした。「シュートの書いた二十三作品のうちで有名なのは『渚にて』（一九五九年にグレゴリー・ペック主演で映画化された）なんでしょうが、あれが最高傑作と思われちゃかなわない。もっといいのがありますもんねえ」

やっぱり店の主人と見える。

「ブリムとボッゲスのほうはちょっと安すぎやしないかな？　どうも気が引けるよ」

男は構うもんですか、と言うように手を振った。「もうその値を付けちゃったんですから。いや、次はもっと高くしときましょう」

その後、二人の間に突然甦った往年の作家ネビル・シュートの話題でひとしきり盛り上がった。この本がなければ言葉を交わすことのなかった者どうし、すっかり打ち解けて。

三〇分ほど話し込んでから、ジェイミーはブリムとボッゲスの二冊組と、シュートの本を『計算尺』の他にも二冊、さらにもう一度読み返したいと思っていた本のペーパーバックを何冊か買って帰った。夜はポンカシティのモーテルに泊ることにした。

向こうの言い値とはいえ、こんなにいい本をこんな安値で買ってしまい、後ろめたい気がしないでもなかった。

だが、まあよしとしよう。そう思うことに決めた。

第一〇章

夜、ジェイミー・フォーブスは懐かしい物語を読み、その余韻に浸りながら、モーテルのレストランに降りていった。

「いらっしゃいませ」ウェイトレスがとびきりの笑顔で出迎えた。注文を取る前からチップをはずませようともくろんでいるみたいだ。そしてメニューを差し出しながら秘密めかした声でひと言添えた。「うちはサラダがお勧めなんですよ」

彼は礼を言ってメニューを受け取り、ウェイトレスがいなくなってから開いて見たが料理の品数が多いのには面喰った。確かにサラダは旨そうだ。

「またホット・チョコレートとトーストになさる?」

驚いて目を上げると、もう一つ別の笑顔がそこにあった。

「あれ、ミス・ハモンド!」

「ハロックよ。ディー・ハロック」と彼女は訂正した。「フォーブスさん、まさかわたしの後をつけて来てるんじゃないでしょうね？」

いったいどういうことだ？　朝ノース・プラットで相席をした後、四〇〇マイルも飛んできたのだ。それにあのときはアーカンソーに行くつもりでいて、彼女にもそう言ったはずだ。彼自身ここに来るとは思っていなかったのに、どうして彼女はここがわかったのか。

「ポンカシティまでヒッチハイクで来たのかい？」

「トラックに乗せてもらったのよ。車輪が一八個もあるでっかいやつ。ノース・プラットの芝生を三〇〇〇ポンドも積んでたわ。からからに乾燥したポンカシティを一晩で緑に変えるんだ、って言ってね。とても親切で礼儀正しい人たちだったわよ。『トラック運転手の心得』っていうものがあるの、知ってる？」

「ちょっと待って、ハロックさん。なんでここにいるんだ？　どう考えても無理なのに」

彼女は声を立てて笑った。「いいわ、わかった。わたしはここにはいない。夕食をいっしょにいかがかと思ったけど、お邪魔だったかしら？」

「いや、そんなつもりじゃないんだ」彼は腰を浮かせながら弁解した。「もちろん構わないが、どうして……？」

「フォーブスさんったら、どうしてだなんて。ただの偶然よ。それ以外に何もないんじゃない？」

　こんなことがあっていいのか。だが、いくら不可能だ、ありえないとごちゃごちゃ文句を並べたところで、実際にそれが目の前であっさり起こってしまったら、もはや認めるしかないんじゃないか。

　もう何も訊くまいと思った。そのくせ頭の中ではあでもない、こうでもないという考えが巡り続けた。

　明らかに何かが変なのだが、何くわぬ顔を決め込むしかない。

「サラダが美味しいって、彼女がお勧めしてたわね」

　ディーはまた笑った。

　この人は何を考えているんだ。偶然なんてないと証明して回っているんじゃなかったのか？

「ものごとは理由があるから起きるの。それは確かだわ。ものごとは理由があるから起きる」

　ウェイトレスにサラダと何かのパスタを一皿注文すると、二人とも黙りこくった。どんなパスタだったかなどどうでもよかった。ものごとは理由があるから起きるだって？

「あなたが今朝言ったことをずっと考えてたんだよ」彼は打ち明けた。「その、暗示がわれわれを催眠術に掛けるっていう話」

「ええ、暗示を受け入れたときにね」

「例えばだが、生まれて二日しか経ってない赤ん坊には、受け入れるとか受け入れないとかいう選択の余地はないと思うんだ。それにたとえ自分で選べる年頃になってから嫌だと言っても今さら手遅れだろう?」

彼女は頭を横に振った。「いいえ、選択はいつでも出来るの。わたしたちが受け入れるのは、そうしたいからよ。だから暗示を拒否したいと思えば、いつだって遅すぎることはない。ねえ、ジェイミー、わかるでしょう。別に不思議なものでも何でもない。暗示から肯定へ、そして確信へ。ごく単純なことだわ。ただそれのくりかえし。いたるところから暗示はやって来て、わたしたち自身のマインドの働きによって意識の中に取り込まれる」

やれやれ、今日は朝からよりによって催眠術がらみの話ばっかり耳にする、と思った。そのくせ肝心の話の筋がさっぱり見えてこない。よし、口から出まかせでもいい、言うだけ言ってみてやれ。

「今朝、ぼくらの間に共通の知り合いがいるかもしれないって言ったね?」

彼女はうなずきながらメニューから顔を上げた。

「ぼくもそんな気がする」

彼女は目を見開くとともに破顔した。「誰かしら?」

「サミュエル・ブラック」

その名を聞いても彼女は動じなかった。ただ、その笑顔が優しい微笑へと変わっていった。

「サムをご存じなのね」

第一一章

ジェイミーは彼女の顔をしげしげと眺めた。その生き生きとした表情の内側で何が起きているのか見当もつかない。サム・ブラックを知っていたのなら、もうくどくど説明しなくてもわかるわね、と言いたげな親しみのこもったまなざしで彼を見返している。

「どうしてグウェンドリンからディーになったんだい?」もし彼女がブラックスミスの妻グウェンドリンでなかったら、まったくお門違いの質問だ。

「結婚したときに名前を変えなかったから、グウェンドリンのままだったわ。でもサムが――」またあの優しい微笑。「サムが逝《い》ってしまって、たぶんそれから、ウェンディーになったんだったと思う。それをまだ小さかった孫が、ジェニフィーの娘がね、〝ディーおばあちゃん〟って縮めて呼んだわけ。そしたらみんなもそれがいいと言いだして。それからは、あっちにいる間ずっとその名前」

「あっちにいる間？」

「孫はいまだにわたしをそう呼んでる。娘のジェニフィーもね」

訊いてみたいことは山ほどあったが、個人的な話に立ち入るのは野暮天の飛行機乗りにはどうも気恥かしい感じがした。

「彼のことを本で読んだよ」

「『舞台人』ね」

彼はうなずいた。

「その本、もしかして偶然見つけたんじゃなくて？」

彼はその本が、もともと降りる予定でなかったこの町の古本屋で飛行機の棚を見ていて、他の本の裏に隠れていたのを見つけたものだということ、またそれより前、飛行機に乗っている間ずっと催眠について考えていたことを説明した。それればかりか今朝出会うまで存在すら知らなかったグウェンドリンという人と、同じ日のうちに、絶対に会えるはずのない場所でこうやって再会するなんて、信じられないとも打ち明けた。彼女のほうはさして驚いた様子もなく、にこにこして聞いていた。

サラダが運ばれてきたが彼女はほとんど手をつけなかった。彼の矢継ぎばやの質問に答えるのに忙しかったのだ。

「それで、どうしてあなたは偶然にそんなにこだわるんだい？」

「わからない？」

「催眠術と関係があるんだね？」

「そのとおりよ。わたしの立てた仮説を覚えてる？　今日あなたの話を聞いたおかげでますます確かな説になった」

「偶然はないって説のことかな？」彼は偶然性と催眠術とがどこでどう関わり合っているのか、見当がつかなかった。幼稚園児用の大きなパズルのピースをいきなり持たされた猿みたいな気分だ。子どもでもわかる簡単なパズルを手に、途方に暮れている。

「あなたの人生のゲームに出てきた大切な人との出会いを考えてみて。ねえ、もし迷惑でなければ、訊いてもいいかしら？」

「構わないよ」

「奥様とはどうやってお知り合いになったの？」

彼は吹き出した。「まいったな、そんなこと訊くのかい？　そうだな、あのときはキャサリンがNASAから休暇をもらって車でフロリダからカリフォルニアに向かう途中、少し遠回りしてシアトルに来たんだ。そしてシアトルの空港に立ち寄った。ちょうどぼくもそこに着陸していたんだよ。すごい霰《あられ》混じりの嵐で仕方なくそこに降りて……。ああ、確かにそうかもしれないな。普通に考えればぼくらは出会えるはずがなかった。それなのに出会った」

「いつのこと?」

「一〇年前だよ」結婚して幸せな日々を送ってこられた。今でもそうだ。

「わたしは偶然なんかないと言い、あなたは運命なんてないと言う」

「偶然が運命なんだ」彼は軽い冗談のつもりでつぶやいた。

彼女はフォークを置き、テーブルの上で腕組みをした。「今、自分が言ったことの意味、わかってる?」

「偶然なんてないと言うが」彼は反駁した。「あなただって偶然の外に身を置いているようには見えないけれどね」

「これまで話したこと、よく考えてみてちょうだい」彼女の顔から笑みが消え、生真面目な顔になった。「もし間違ったことを教えられず、間違った暗示を受け入れずに生きていたら、もし自分で選んだ文化の枠にすっぽりはまらないで済んでいたとしたら……あなたは壁だってすり抜けられるのよ」

むかっ腹が立った。「ぼくのことより、あなた自身はどうなんだ、ディー? 自分は間違ったことなんか金輪際教わってこなかったって言いきれるかい?」

「いいえ、かつてわたしもそうだった」

「今は違うのか？」

「そうね」

「じゃあ、あそこの壁をすり抜けられる？」

彼女は自信たっぷりに微笑む。「簡単よ」

「やってみせてくれないかな」

「いいえ」

「どうして？」

「訳はあと何時間かしたらわかるわ。でも今は知らないほうがいい」

「ディー、おどさないでくれ」

彼女は何か言う代わりに奇妙な動作をした。彼の方に身を乗り出し、片方の手の平を広げ、彼の顔の前で左から右へゆっくり動かした。そして彼の目を覗き込んだ。「食事を済ませてここを出たら、あなたはもう地上でわたしを見ることはなくなります。わたしたちが会ったのは偶然ではなく、あなたが知る必要があったからなのです。暗示が運命をどんなふうに形作っていくのかを。答えを見つけたとき、見るものすべて、信じるものすべてががらりと変わります」

その言葉は何より効果的に彼を一瞬で黙らせた。

「あの子の言ったとおりね」次の瞬間、彼女が打って変わって明るい声を上げたので、彼は肩透かしを食らった恰好になった。

「誰の話？」

「あのウェイトレスよ。このサラダすごく美味しいわ」

「ああ、これね。こりゃあ本当に旨い」偶然や運命や壁を通り抜けることなど、頭にもやもやと溜まっていて訊きたいことがまだまだあった気がするが、彼女の屈託ない笑顔に釣られてけろっと忘れてしまった。

彼女はポケットからノートを引っぱり出し、《トラック運転手の心得》を読み上げた。ノース・プラットからヒッチハイクした一八輪トラックの、日よけの上に書いてあったのを書き写したものだ。

われらトラック運転手は縦横に走る
アメリカ全土を一枚の布に織りなすがごとく
子どもたちの最良の友たるわれら
畑の作物を店に運ぶは、子どもらに腹一杯食べてもらわんがため

燃料を配達して回るは、子どもらが温かく暮らせるよう
木材を大工のもとへ運ぶは、子どもらが安住できる家が建つよう
日がな夜がな孤独な道をひた駆ける
われらトラック運転手の献身が、この国を東から西まで一つにする

読み終えると彼女はノートから目を上げた「どう、すてきでしょう?」

二人はオクラホマのポンカシティのレストランにいて、トラック運転手の心得がいかに真理を衝いているか、そして彼らがきつい仕事を引き受けてくれているからこそ、われわれはこんなふうに安穏に暮らしていけるのだと語り合った。

食事が終わった。グウェンドリン・ハロック、またの名をディー・ハロックは、空の旅を楽しんでねと言うと、バックパックを手に席を立ち、去っていった。

*

夜、彼はモーテルの部屋に戻り、旅行時にいつも携行する小さなノートパソコンを開いて、インターネットで彼女の名前を検索した。グウェンドリン・ハロックという名はいく

つか見つかったが、簡単な説明が付いているのが一つだけあった。それは家系図か何かのサイトで、まさに探していたものだった。

サミュエル・ブラック（一九四八〜一九八八）、舞台催眠術師。妻グウェンドリン・ハロック（一九五一〜二〇〇六）、娘ジェニファー（一九七〇〜）

インターネットの情報にはけっこういい加減なものが多い。数字が間違っていたり、引用はでたらめ、誰も言ってないことをさも言ったように書く。事実を装った作りごとがまかり通っている。

それでも中には正しい記載もある。もしこれがそうだとしたら、さっきまで旨いサラダをいっしょに食べていたディー・ハロックは、二年前、つまり二人が出会うずっと以前にすでに死亡していたことになる。

第一二章

その夜はよく眠れなかった。

ジェイミーはシーツをはねのけながら、彼女が壁を通り抜けられると言ったのはそういうことだったんだと思い当たった。自分が時空に制約された人間だという暗示を彼女は受け入れるのをやめたのだ。ディーの言葉が脳裏に蘇ってきた。——もし間違ったことを教えられずに生きてきていたら、あなたは壁だってすり抜けられるのよ——

自分はこうであると思い込んでいても、死の側に身を移しさえすれば見方が一八〇度変わるとでもいうのだろうか？　そうやって変わるためにわざわざ死ぬ必要があるのだろうか？

だとしたら、死なない限り変われないと自らを条件づけているのかもしれない。ひるがえって考えると、時間と空間の中でしか生きられないという暗示に、身も心も捧げ続けてきたと同然なのだ。まるで病めるときも健やかなるときも、死が二人を分かつまで、と誓いを立てた男女のように、ぼくたちはこの暗示と分かちがたく結びついている。

彼の頭の中にさまざまな想念がよぎった。目覚めるためには死ななければならないという決まりでもあるのだろうか。何か他の暗示を耳にすることは出来ないものか。パチンと指を鳴らして、ほら、目を覚ませ、自分が望めばいつでもこの時空を飛び越えられるよ、と言ってくれる人がいればいいのに。ふるさとに帰りたくなったらいつでもそうして構わないし、またちょっと休暇が欲しくなったらここに戻って来て、新しい見識を身に付けて帰ればいいんですよ、と言ってくれる人が。この世から時空の向こうへと旅立つのに、なにも事故や病気や老衰で苦しんで、後ろ髪ひかれ、うめきながら死ぬ必要なんてないんだと。

誰か、死は厳格な法として定まっているようなものではなく、あたりまえのこととして世に長く受け継がれてきたしきたりにすぎないと言ってくれないか。

彼はがばっと起き上がった。夜中の二時だった。

ははあ、サム・ブラックはそれを発見したんだな。死は世の習いにすぎないと。

彼が日記に書き残した〝異次元〟というのは、平生出会う暗示とは天と地ほどにも違う暗示の世界だったのではないだろうか？　その発見は彼の精神を滝のような奔流のような勢いで打ちのめし、豁然《かつぜん》と目覚めさせたのではなかったのか？

そう思い至ると、複雑で巨大なパズルが自動的にはめ合わされ、壮大な絵が出来あがっていくのを見ているような気がしてきた。自分はそれを目の当たりにし、度肝を抜かれた猿の心境だ。

あの御仁《ごじん》は無病息災なまま、そうやってまんまと体を抜け出して時空を超越したのかもしれない。サム・ブラックは催眠術のテクニックを使って、自らの催眠を解くトレーニングを重ねたに違いあるまい。それまで受け入れていた条件つきの目覚めやいくつもの暗示、色眼鏡ごしに見ていた歪んだ限定的な世界観。それは地上でゲームをする際、すべての人間が受け入れているものだ。人間は物質であって体を抜け出すことは不可能、重力に逆らって空を飛ぶこともできない、文化や世間智の枠からはみ出してはいけない、と言い含められ、唯々諾々としてそれに従ってきた。ところがサム・ブラックは、自分をがんじがらめにしていたそれら無数の暗示から自由になったのだ。

われわれ凡人にとっては〈空間と時間〉というゲームそのものが催眠術なのだ。われわれが同意し、受け入れて初めて暗示は真実になり変わる。われわれを縛りつける暗示は、始めはただの提案、ただの意見でしかない。人はそれらを受け入れて自分好みに作りなおし、鎖のように繋ぎ合わせて後生大事に持ち歩く。

今こうしてゲームをしているぼくたちは、かつてステージ上の催眠ゲームに加わりたくてA列の座席で見ていた者たちに他ならない。

では、観客席からは何が見えたか？　ステージ上には何があったか？

からっぽ！　あっけらかんのかん！　種も仕掛けもなかった。

だがひとたびそこに立つと、実際には何もない舞台の上で暗示が思い込みに変わり、思い込みが目に見える形を取り始め、それが現実として現れるというゲームに没入することになるのだ。

ジェイミーはまたしても思い出す。かつてラファイエット・ホテルであの迷宮に足を踏み入れたとき、目の前に立ちはだかった壁。苛立ちながら拳で打ちつけたあの壁は、どう見ても本物にしか思えなかった。寸分の隙なく積み上げられた御影石かセメントかモルタルのように、固く分厚く感じられたのを覚えている。目で見、肌で触れることのできる確かな感触があった。強く叩けば拳が痛むほどに。

ブラックスミス・ザ・グレートは、その壁を空気か何かのようにするりと向こう側へ抜けてみせた。

催眠術の被術者だったジェイミーはそれを岩と見なし、そう確信し、通り抜けるのは不可能と思い込んだ。催眠術師は被術者となった者たちが暗示を信じ込み、幻の牢獄を見ていること、だがそこに本当は何もないことを百も承知だったのだ。

ジェイミー・フォーブスは今オクラホマのモーテルにいて、真夜中の暗がりの中でそれを理解した。彼はベッド横のライトをつけ、備え付けの紙とペンを取り上げると、眩しさに目をしかめながら急いでそれらの思いを書き留めた。

この場もあの牢獄と同じなのだ。今この瞬間もぼくはこの肉体の内にぴっちり納まり、モーテルの部屋で石膏ボードの壁に囲まれている。ドアには鍵が掛けてある。

自分がどんな思い込みを抱えているか、今まで一度だって考えたことがなかった。遠い昔、自分に言い聞かせ信じてきたさまざまなことを見なおしてもこなかった。生きるためには空気が必要で、家と食べ物と水がなければならない、ものごとを知りたければ目で見、耳で聞き、手で触れなければならないという信念。信じたものだけが見え、信じていないものは姿さえ見えないのだ、とそれを前提としてきた。

だが待てよ。信念ってやつは気分を変えたぐらいで消えてしまうようなたあいないものではあるまい。日ごとくりかえすこの人生のゲームだけが真実なんだという思い込みは、もはやぼくたちが生きているあらゆる瞬間に深く消しがたく刻まれている。

彼は書きなぐった。〝信念は命を制限するためにあるんじゃない。**ゲームを楽しむのに必要だからこそあるのだ！**〟

アイスホッケーを楽しむにはスケートリンクとスティック、チェスを楽しむにはチェスボードと駒、サッカーを楽しむにはピッチとゴールがなければ始まらない。ところが地球でおもしろおかしく生きようとするなら、もろもろの制約の前で必要以上に身を縮め、へりくだり、ひたすらかしこまっていなければならないというわけだ。厄介にもほどがある。命の自由をすれすれまで制限された中でゲームをするのだから、そりゃあスリルも生まれるはずだ。

彼はペンを止めた。彼女の言うとおりじゃないか。そういう思い込み自体が催眠術なんだ。

だとしたら？

外はまだ暗く、遠くでサイレンの音がする。誰かが死の闇を踏み出して、今まさに暗示から自由になろうとしているのかもしれない。

――だとしたら？　彼はもう一度問いかける。

大多数の人がそう思い込んでいるからという理由で、自分まであれこれしかつめらしくなることはない、萎縮したり怯《ひる》んだりする必要はまったくないんだ。

怯む？　いったい何に対して？

貧困や孤独、病気、戦争、事故、死。が、そんなものはみんな脅しにすぎない。怖がるのをやめた瞬間に無力化してしまうのだ。

明かりを消して横になったが、また同じ思いがぐるぐる頭の中を回りはじめた。頭がまだ冴え冴えとしていた。あのときブラックスミスに仕組まれた牢獄に入り、そして抜け出すという特殊な体験を経ていなかったら、こんなことを思い浮かべただけで、自分は頭が変になったと思ったに違いない。この世界はぼくたちが暗示を受け入れて作り上げた、何一つ実体がないのに頭でそう信じ込んでいるだけのものなのに。

思い込みってやつを甘く見てはいけない。恐ろしくパワフルで、ゲームの間は鉄の万力《まんりき》となって、ぼくらを死ぬまで締めつけて放さないのだ。

死ぬときも思い込みで死ぬのかもしれない。誰もが末期《まつご》の幻影に取り憑かれたまま臨終を迎えるのだ。

ブラックスミスの牢獄とこのモーテルの壁には一つだけ違いがある。あの牢獄は、ぼくの一途な思い込みが消えればあっけなく消えるようなしろものだったが、この部屋の壁は消えるのにもっと時間がかかるだろうということだ。あの牢獄の石壁が存在するにはぼく一人の同意があればよかった。一方この部屋の壁は、時空間に住まう人々みんなの「壁はその中に何かを留めておく囲い」という総意によって作り出されたものだからだ。

彼は暗がりで目を閉じた。世界はぼくの外側にあるのではなくて、一から十まで全部この内側にある。暗示が信念になり、信念が知覚を作り出し、知覚がぼくらのプレイグラウンドに物質と呼ばれるものを作り出し……。

ジェイミーはそう考えながら眠りに落ちていった。

五分後、理性に責め立てられて目が覚めた。おい、気は確かなのか？　ここに世界はないって？　ここにあるのは想像力の産物だけだって？　知り合ったばかりの女の話を信じるのか？　実体がないなんて、まさか鵜呑みにするつもりじゃあるまい？

まだ自分に正気が残っていてよかったと胸をなでおろすと、また眠りがやって来た。

一〇秒後に再び目が覚めた。それなら相対性理論はどうなる？　量子力学は？　ひも理論は？　もし暗示なんて馬鹿らしいと言うなら、みんなが信じている科学はどうなる？

〝この時空間には四次元しか存在しないわけじゃない。知っているだろうが実際は一一次元まである。むろん残りの七次元は小さな球状に折り込まれていて、目には見えない。だが実際に存在しているんだ〟

〝宇宙空間には強い重力のために、光さえそこからは脱出できないという穴がある〟

〝無数の〈もう一つの宇宙〉が隣り合って存在するんだ。知らなかったかい？　そのどこかでは、この宇宙の誰かが招くかもしれないあらゆる可能性が現実化している。第二次世界大戦など起こっていなかったという宇宙もあれば、われわれ地球人が与《あずか》り知らぬ第三次、第四次、第五次の戦争が起きてしまった宇宙もあるはずだ。中にはぼくたちそっくりの人間が暮らしている宇宙だってあるだろう。そこでのぼくは青い目のジェイミーではなく、茶色い目をしたマークという名前かもしれない〟

そんなことがあったらどうなるかな……そう思いながら再び眠りに絡め取られた。

五分後、自分に腹が立ってまたもや目が覚めた。数学嫌いのくせに微分積分の問題でも解いてるつもりか。ことはもっとうんと単純なはずなんだ。ぼくたちは毎日どうやってものごとを見ている？　例えば画家は自分の絵をどうやって見る？

画家はまずキャンバスを見る。

筆に絵の具を付ける。

筆をキャンバスに走らせる。

キャンバスを見る。

筆に絵の具を付ける。

筆をキャンバスに走らせる。

キャンバスを見る。

ひと筆ごとに。

画家はそうやって絵を描き上げる。

人間の一日も同じこと。

ここに暗示といういろいろな絵の具が入ったいくつものバケツがある。筆を手に持って、選びたい絵の具に筆を浸して穂先にすくい取る。いいかな、このキャンバス、この白い無地の広がりにこれからひと筆ずつ描いていくのがきみの生涯だ。

さあ、何か描いてごらん。

彼は考えを巡らせた。ぼくがゲームを始めるにあたって、こんなふうに誰かから手ほどきを受けたはずだ。だとしたら学校に入るよりずっと前だろう。

自分は催眠に掛かっている。いいだろう、今となってはその感覚は自分でわかる。誰に指摘されなくともこれまでの体験でわかるのだ。暗示という絵の具をすくい取れば、ひと筆ごとにキャンバスの上でそれが画像を結び現実になる。三〇年前のあの日の出来事をまたしても思い出す。ブラックスミスの壁はしっかりしていて、どんなに体当たりしても突破できなかった。でも本当は壁などありはしなかった。ぼくがあると信じ込んだだけだった。

キリスト教狂信者が聖なる日に手の平から血を流し、それを奇跡と呼ぶ話を聞いたことがある。昔描かれたイエス像さながらに釘で打たれたような傷跡まで現れる。今度そんな狂信者の集まりに出かけて行って、それは血でも傷跡でもありませんよ、思い込みが聖痕だと信じさせているだけですよとすっぱぬけばどうなるだろう。ぼくはそこでこう質問するんだ。最近のわれわれの研究で、当時の磔《はりつけ》は手の平ではなく手首に釘を打っていたという事実が明らかになったんですが、おかしいな、なぜみなさんは手の平から血が出るんです？

そうしたら彼らは「なぜって、昔からずっと手の平だと思ってたんですよ」と答えるのだろうか？

また例えば、病気で死にかけている女の人に、それは病気ではなく、暗示のせい、あなたの思い込みのせいなんですと言ったらどうだろう。

暗示の犠牲者は悟り顔でこう答えるかもしれない。おっしゃるとおりでしょうよ。でもこれは私だけの思い込みだし、思い込む理由もちゃんとあるの。ご丁寧なご指摘ありがとう。だけど私は自分の信じるとおりに死んでいくわ。いいでしょう？　それともあなた好みの他の何かを信じて死んでほしい？　今でなくあなたの都合に合わせて？

ある本でこんな写真を見たことがある。何人かの人に催眠術を掛け、足がロープできつく巻かれていると信じ込ませる。数分後には実際ロープ跡のような条痕が出る。それが翌日になっても残る。あるいは、被術者の肌に氷を当て、今のは熱したアイロンでしたと言うと、そこにやけどの水ぶくれが出来る。これらの現象はロープのせいでもアイロンのせいでもなく信じ込む力がそうさせたのだ。

今まで不思議に思えたものごとは奇跡なんかではなかった、催眠術だったんだ。いや、催眠術ですらない。そんなギリシャの神秘主義めいた特殊なものとは違う、ありふれた日常において交わされる暗示がもたらす類のものごとだったのだ。例えばドーナッを食べるかと訊かれ、イエスかノーかで答えるというようなものだ。ざっと見積もって数百兆の暗示が飛び交うとして、多くの場合、答えはイエスだ。われわれは潜在的に、暗示に対してイエスという答えを準備していることが多く、そのためもし暗示したとおりに出てくるはずのものが出てこなかったら、すっぽかされて焦ってしまうのではあるまいか。

この量子宇宙全体が極微のひも状の素粒子から成っているという説がある。専門的で科学的なお堅い高等理論だが、そんなところにもわれわれの感情に根ざした思考や暗示が投影されてはいないだろうか。もしそうなら、そのひもとやらも、人が理論づけする以前から存在していたというより、あとで人が思考や暗示を働かせて巧妙に創り出し、理論づけたものではあるまいか。とすれば、原子配列でさえも感情に由来する思考や暗示の作用によって決められたのかもしれない。われわれはこんななりゆきをごく当たり前のこととして疑いを持たず、育ってきた文化に照らしつつ、ものごとに喜びやら恐れやらの感情を添加し強化する。なぜなら、あるものごとについての認識を身につけると決めたら、感情移入するのが一番手っ取り早く、有効なやりかただからだ。信じて信じ抜いて初めて目標を達成できるから。違うだろうか?

ありえない話じゃない。いいや、大いにありえる。例えばぼくたちは一度しか生きられないが、いくつもの人生を生きられると考えるのもまた自由だ。いくつかの人生でのつらい出来事を、始めから終りまでありありと感じ取ることさえできるかもしれない。生まれ変わりを信じるとは多分そういうものなのだろう。この信念のゲームは当人がおもしろいと思い、そこに何かしらの価値を見出し、惹きつけられる限り続いていく。惹きつけられなくなればゲームオーバーというわけだ。

例えばぼくたちが周りで目にするすべてが暗示で出来ていて、その他にも何億ものおびただしい暗示があると仮定する。そこであらためて疑問が湧く。いたるところに当たり前のように存在する暗示とはそもそも何なのか? もし空気のようにあって当たり前のものなら最初から気にする必要などないはずだ。

彼は暗がりの中でその答えを解こうとしたが、階段の途中から転げ落ちるかのように眠りの淵に滑り込んでいった。

第一三章

朝、モーテルのアラームで目が覚めた。夢を見ていた気がするが、中身は覚えていない。荷物をまとめ、部屋を出る前に忘れ物がないか見まわすと、ベッド横ナイトテーブルの上のメモが目に入った。どうやら自分で書いた文字らしいが、よほど急いで書き殴ったと見えてナメクジが這った跡のようである。

暗×＝　ぼ×××見×を変×てし×う状××

とても読めたものではなかったが、夜中に考えていたことを思い出すにはじゅうぶんだった。そう、暗示とはそういうことなんだ。われわれの考え方を変えるもの。われわれが何に気づくかも、それでおのずと決まる。暗示は、われわれにとって実現可能な未来を垣間見せるのだ。

飛行機の駐機してある場所に着くまでの間、これまで自分の認識に変化をもたらした出来事との出会いの数々を反芻していた。

写真や絵や映画で見たこと、あるいはコンピューターから飛んでくる暗示。学校や本やテレビ、掲示板やラジオやインターネットで見知ったこと。何かの操作説明書なんて場合もある。打ち合せや電話での会話で、考え方が変わってしまうこともあった。新聞や雑誌で読んだ記事や、そこで抱いた疑問が自分の判断基準になることもしばしばだった。あるいはそれは小説やおとぎ話、壁の落書き、科学論文や業界紙やどこかで耳にした議論だったりした。名刺や契約書や講演会からも暗示は出ていた。ぼくの内側に深く浸透し共鳴する歌や詩のフレーズ。それからスローガンの類や誰かの発した警告、人からのアドバイス。誰かとゲームをしているときやパーティで飛び交う意見。あるいは車で走っていて目に飛び込んできた道路標識や、レストランのメニューが何かの示唆を与えることもあった。そうやって、ふと頭に去来するさまざまなこと。それから、人との関係で学んだこと。自分自身や人や動物と交わした会話や視線。若かりし頃、学校で受けた授業、卒業式で聞いた訓辞。それらもろもろの裏側に潜んでいた喜怒哀楽の感情。そして偶然の出会い、偶然の一致……。

彼はこれらの事柄を昨日自ら見出した暗示の大海原に一つずつ投げ入れ、膨大な暗示群のリストに加えることにした。

出発前にT－34の周りを歩いて点検しながら、あらゆる出来事が次なる新しい暗示と出会う接点になっているのだと思った。接点は数えきれないほどある。それは泡立つ海の絶え間なく寄せては返す波が、真昼の陽光を浴びて照り返すきらめき。そして一つの波のきらめきが一つの可能性を照らし出している。

彼は膝を突いて左側の主着陸装置を覗き込んだ。ブレーキラインは問題なし。左輪のタイヤが少し擦り減っているかなと思った。が、そのとき朝の光が射してはっと気づいた。たった今思ったことも一つの暗示なんじゃないか？

一つ暗示が生まれると、それはそれ自体を強化する。

タイヤの擦り減り具合はひどいのか？

イエスだと思ったら、すぐ引き続いて〝タイヤがひどく擦り減っている〟といった具合に程度が強化される。

と、次にくる暗示は〝やばい、飛ぶのをやめろ、タイヤを交換しろ〟になる。

タイヤを交換するには整備士を呼んでこなければならない。もしこの飛行機に合うタイヤの在庫がなければ、どこかから見つけてこなくてはならない。その場合、タイヤ交換のために少なくともあと一泊することになる。しかし考えてみれば、一泊するおかげで出会うはずのなかった人々と会い、親しく言葉を交わすことにもなるだろう。その誰かがノース・プラットで会ったディーがやったように、ぼくの人生をほんの数語で変えてしまうかもしれない。もし出発を一日延ばしたなら、あるいはそれが三日であっても、たった二〇分であっても同じで、延ばすという新しい出来事が引き金になってさらに新しい出来事が起きる。どの出来事もいくつかの暗示を受け入れた結果として生じる。

その逆もしかりだ。

この例の場合、ノーだと言えば〝タイヤは正常の範囲〟ということになる。そしてここでも一つ暗示が生まれると、それはそれ自体を強化する。と、次に来る暗示は〝フライトプランどおりに飛ぶ〟だ。

(仮に〝それ以外のことをする〟と書いた箱があって、一兆個分もの暗示が入っていたとしてもことごとく無視。そうすれば暗示は強化されずに終わり、何ら影響を及ぼさないというわけだ)

しかし、暗示「飛べ」に従ったために次の着陸でタイヤがバーストしたら大変なことになる。

それが心配で躊躇が生じたなら次の暗示は〝最初の暗示を考えなおせ〟だ。

もしイエスならこんな具合に同じことを一からくりかえすうちに〝時間ばっかり食って、その間に天気が変わって日も高くなり、偶然のパターンも変化してしまう〟というさらに新しい暗示がやって来るかもしれない。

一方、ノーなら〝とりあえず出発しろ〟となる。それを受けて次の暗示は、〝飛行前点検を終わらせろ〟となる。

まったく、どっちにせよ次から次へときりがない。暗示のことはしばらく忘れよう。

いやいやこんな暗示ならどうだ？　一見、どっちつかずとも見えるこの変てこな状況を、一枚の絵として少し突っ放したところから考えなおしてみるのだ。

彼は結局延々と考え続けた。あらゆる瞬間に繰り出されるあらゆる暗示について、決定を下すか保留にするかは、その前に下した小さな決定によって決まり、その決定はさらに前の決定によって決まる。自分はこれまでそうやって他の誰でもなく自分が真実だと見定めた暗示を選びつないで生きてきたのだ。結局、ぼくの人生の選択はぼくがしているのであり、誰かが代わりに決めたりすることなど出来はしないんだ。他人のアドバイスを受け入れたとしても、それをするかどうかを決めるのはやはり自分なのだ。いやなら断る方法はいくらでもある。

暗示を選択受容した状態を「催眠状態」という言葉に置き換えてみるといい。すると不思議にも、探していた答えがたちどころに見つかる。パズルが完成し全体図がひょいと浮かび上がるのだ。そして毎日世界中の人間がどっぷりその催眠状態というトランスに浸り、そこで自らが信じ込むとおりの人生を送っているという構図が見えてくる。

今日の自分はさしずめ「雲間を漂う風来坊ジェイミー・フォーブス」といったところかな。というのも彼は今、雲のように湧き出るいくつもの選択肢を目の前にしていたからだ。左タイヤの溝がほんの1／16インチ擦り減っているという事実にいかに対応するか。そこにさまざまな選択肢が生じる。選択次第で今は知る由もない別の人生を送るかもしれない。

彼は、それぞれの出来事の現在・過去・未来が、隙間なく隣り合わせになって存在している様子を思い浮かべた。一つ以上の出来事が同じ時間軸の上に集まっている様を。それらは偶然隣りに居合わせたように見えるがそうではない。相互に共通項があるからつながっているのだ。

鳥のように俯瞰《ふかん》するなら、ぼくたちの人生は、偶然が寄り集まって織りなす広大な野原のようなものかもしれない。そこでは身近に現れたものが本物か偽物かを自ら見極め、それぞれの信念に見合った暗示を受け入れ、選んだ暗示に基づいてものごとを決める。選んだ苗を大地に定植するようなものだ。すると、そのものごとの位置が定まり、根づき、つぼみが花開くように展開していく。

次の着陸で左輪タイヤがパンクする可能性がないわけではない。しかし慎重にやれば、あと五〇回は持つんじゃないか。だったら新しいタイヤなんかまだまだ必要ない。

ジェイミーは着陸装置のそばに膝を突いた格好のまま、今考えたことを今朝の最終決定事項に決めた。他の選択肢を却下し、このタイヤは問題なしとする。ただし、そっと着陸することにしよう。おさらばだ、ぼくが送ったかもしれない別の人生たち。

――彼女はいったいぼくに何をしたんだ？

自分で飛行機を飛ばすようになるまでは、どの飛行機も全部いっしょくたに見えたものだった。それが今はすぐに見分けがつく。筆跡学を習うまでは他人の筆跡なんて判別できなかったのが、できるようになった。同じく、世界は暗示が創り出したものだとディー・ハロックに教わるまで、こんなに絶え間なく降りかかってくる暗示の雨に気づきもしなかった。今は雨粒の一つ一つがはっきり見える。

巷《ちまた》で「引き寄せの法則」と呼ばれているもの、つまり「意識するしないに関わらず、その人の頭の中にあることは現実化し、その人はやがてそれを経験することになる」という考え方だって一つの暗示なのだろう。ある人が、自分はやれば必ず成功すると思う場合にも暗示は働いているし、やれば必ず失敗すると思う場合には別の暗示が働いているわけだ。しかしどちらの暗示も無視してしまえば何ごとも起こらない。なんとなくこれは良いなと思う暗示に出会えば、それに沿って行動すればいい。それまでぼくの人生は刻一刻、淡々と進んでいくはずだ。

彼は点検を済ませると飛行機に荷物を詰め、キャノピーを開けてコックピットに滑り込んだ。

ぼくが見ているのは自分自身の催眠状態が見せている世界なのだ。ぼくがこれまで受け入れてきた何億という暗示が実体化したものにすぎない。ぼくが一言「さあ、もうお行き」と言えば、それらはすぐに目の前で糖蜜のように溶けるか、稲妻のように光るかしてどこかに去っていってしまうだろう。

ぼくの全世界は、ぼくが受け入れた意見で成り立っている。それらの意見がぼくの信念になり、生き方の前提になって、ぼくだけの、ぼくにとって紛れない真実になる。

〝ぼくはできる〟という肯定的な意見に裏打ちされたぼくの真実が次の暗示への道を開き、さらに遠くへ誘《いざな》ってくれる。

〝ぼくはできない〟という否定的な意見に基づく真実は、それ以上の暗示へ通じる道を閉ざし、そこに限界を作り出して自分を閉じ込める。となると、ぼくは心のあり方がそのまま体に影響するいわば心身症の惑星に住んでいると言ってもいい。

だったらどうなんだ?

ぼくはパイロットで、ここはコックピットだ。始動《スターター》スイッチをオンにしてエンジンに命を吹き込む。そして今心の中から湧いてきた暗示に乗ることに決めた。〝ぼく流の宇宙再編は後回しにして、ここらで空をひとっ飛びしよう〟と。

第一四章

飛行機は南東へ向かって人気《ひとけ》のない大地の上を低く飛んでいった。川と森を越え、原野を飛び越すと、突然パッチワークのような畑が目に入ってきたが、それもやがて牧草地に変わった。

まるで夢の中を飛んでいるような心地がする。もっとも夢なら、もしエンジンがストップしたらどこに着陸するかなんてことまでは考えないが。

さてと、自分が地球という心身症の惑星に催眠状態で暮らす一市民だというのはわかった。他のみんなもそうだろう。で、それを知ったから何が変わるというんだ？

そのときだった。頭の中で今まで聞いたことのない声がしたのだ。いつものおしゃべり男の声ではない。彼が考えごとに耽《ふけ》るたびに現れ、代わってしっかり操縦桿を握っていてくれる副操縦士役の自分の分身でもない。ものごとを合理的に解明したがる理屈屋の分身とも違う。もっと奥深いところから湧いて出てくる未知の自分。これまで自分の一部として認識してきた他のいかなる自己をも凌駕するような存在、〈高次の自己《ハイヤー・セルフ》〉とでも呼べばいいだろうか。

それはこう言った。「**だったらどうなんだと、さっききみは言ったね。つまり、こういうことだ。きみは毎日、一生の間、自分で自分に催眠を掛けているんだよ。その事実をまず知っておこう**」

「**であるならきみは自分でその催眠を解くことだって出来るわけだ**」

「**時間は好きなだけある。今のがどういう意味か、ひとつじっくり考えてみるといい**」

ジェイミーは操縦桿を握りなおして機首を浮かせ、電線を一本やりすごしてから、もう一度降下した。スカイブルーの機体が干し草畑の上を飛んでいく。大地からほんの四〇フィートのすれすれの高さを一六〇ノットでかすめるのだ。〝昔、戦闘機で地上八マイルのところをマッハ2でぶっ飛ばしたのより、よっぽど速いな〟という暗示がやって来る。それは体感速度の違いにすぎないのだが、彼はその暗示をよしとして受け入れた。理屈には合わないが構うものか、本当のことだ。

ディー・ハロックに会ってからというもの、気がつけばどこもかしこも暗示だらけだ。それで、自分で催眠を解くってどうやるのだろう？　人生ごとひっくり返せばいいのか？

仮に今の自分になるまでに、おびただしい数の暗示を受け入れてきたとしたら、今さらそれを変えることなんて出来るものか。

「死んだら催眠を解くことが出来るかもしれない。そうなったらたいていの人間はトランス状態からあっけなく目覚めるんじゃないか。でももし——」

「——電線だ！　前方に電線！」頭の中で今度は副操縦士役が叫ぶ。

はいはい、叫ばなくてもわかってますって。彼はすぐさま本来の機長の役割に戻ると、前方に電線を確認した。世界じゅうどこに行っても送電線だらけなんだからな。いつもこうやってよけて通らなきゃならない。送電線をふわりと飛び越し、また干し草畑の上すれすれまで戻って飛んだ。

副操縦士がこぼし始めた。**「やれやれ、機長、しっかりしてくださいよ。飛行中に死ぬことなんて考えないでもらいたいですね。送電線だけじゃない、この辺は電波塔も多くて危ないんだから。まあ飛行機が事故を起こすのは電波塔だけのせいじゃないですけどね……」**

ケーブルに引っ掛かるからだろう。お前さんに言われるまでもなく、とっくに承知しているさ。

「お願いですから死ぬことは考えないでください。ああ、あそこにも電線が。低空飛行したいんなら、ちゃんと周りを見てくださいよ。ちょっとは私の身にもなってもらわないと」

ジェイミー・フォーブスはまともな機長に戻り、操縦桿にバック・プレッシャーを掛けて対処することにした。一分後には飛行機は、鉤爪《かぎ》を空に向けて立ち並ぶ電波塔の上を巡航していた。そのまま左の方にゆっくりターンし、南東方向に蛇行する川に沿って進んだ。副操縦士は胸をなで下ろしたようだ。

空軍ではこんな飛び方は絶対に出来ない。目的地がどれだけ遠くても、一度滑走路を飛び立ったら到着するまで寄り道はしない。軍の飛行計画書のチェック欄に「臨機応変に対応」なんていう項目があろうはずもないのだ。

だが今は何をするのも自由だ。民間人のフライトは、天気が良ければテイクオフするというような気楽なものだし、着陸にしたって、思いきり飛ばして予定より三〇分早く到着しても構わないわけだ。この国ではどっちの方向へ行こうと、小さな飛行場を発って二〇分もすれば何もない大地が広がっている。

しかし新たに登場してきた高次の自己《ハイヤー・セルフ》は、飛行機の話題にはいっこうに関心がないようで、「**どうやって自分の催眠を解くか知りたいかい？**」と話しかけてきた。

彼は心の中で「いいや」ときっぱり断った。

第一五章

ジェイミー・フォーブスは給油のため、アーカンソー州パイン・ブラッフに着陸した。手入れの行き届いたエメラルド色の広い芝生に、滑走路が浮かんでいるように見えた。小さな飛行場に行くとたいていよそ者にも親切で、気易く話しかけてくる。ここの人たちもそうだった。

「どこまで行かれるんで？」

「フロリダにね」

「そりゃあ長旅だ」

「ああ、なにしろシアトルから飛んでる」

すると向こうは「そいつぁ、気が遠くなっちまうなあ」と笑い返してくれる。

ついでに、この辺の天気やら飛行場の歴史やらについて二言三言情報交換し、給油を済ませ、もう一度エンジンを掛けて飛び立った。

高度一〇〇〇フィートを維持。計器類は順調。

「**どうやって自分の催眠を解くか知りたいかい？**」

あんたとはもう話したくないんだけどな、と突っぱねた。むろん本心ではない。高次の自己《ハイヤー・セルフ》の暗示には、油断も隙もあったものではないと警戒心が働くからだ。すこぶるパワフルで、遊び半分で話に乗れば命を落としかねない。

それでも知らずにはいられないのがジェイミーの性分というものだ。高次の自己《ハイヤー・セルフ》との無言の対話に応じることにした。いいかい、ぼくはしばらくの間は死すべき《モータル》命の人間としてこの地上に生きようと同意してきたんだよ。だから、その枠を外れずに催眠を解きたいんだけどね。

「**それは無理だ**」

どういう意味だい？　わかるように説明してくれないかな。

「**いいや、わかっているはずだ。今、きみが言ったことの逆をすればいいんだよ、ジェイミー。つまり、その限りある命の枠を外せば済む**」

思わず笑い声が出た。それは今まで続けてきたどんな自問自答とも似ていなかった。なんだか妙に愉快な気さえするのだった。

油圧は良好、油温も正常。枠を外すのはいいけど、ぜひ死ぬことなしにそうする計画で行きたいもんだな。何か良い方法はあるかい?

「今回のフライト中に起きたことは何一つ偶然じゃなかったことにしてみるといい。すべてはきみの人生においてしかるべきチャンスを待っていたレッスンであって、今がまさにその時だと信じることだ」

「この二四時間で聞いたことを思い出しながら問い返してごらん。そもそもきみがどうやって死すべき命《モータル》なんかになっていったか」

彼は思い返した。ぼくはそういうふうに定められた身だと思い込む催眠術に掛かってきたんだ。自分は純粋な光り輝く魂《スピリット》とは違う、限られた期間しか生きられぬ定めを負った人間だと、それこそ何億掛ける五〇年分もの暗示を耳にタコができるほど叩き込まれてきた。

「サム・ブラックは、牢獄に閉じ込められたと思い込んだきみをどうやって目覚めさせたんだった?」

あの瞬間のことは忘れもしない。ジェイミーは指をパチンと鳴らしてみせた。

「それだ。彼はそうやって本当のきみが誰かを思い出させた。きみがチケットを買い、ショー

を見に来て、自ら望んでステージに上がったことを思い出させもした」

それなら、自分が誰なのか、それを自分で自分に思い出させれば催眠を解けるってことかな?

「ショーが始まるまでの自分を思い出せばね。自分を肯定的に捉える、つまり否定的な暗示にとらわれた状態をくるりと逆転させる自己催眠を掛けるんだよ。コンスタントに、休みなくね。否定的な暗示の前に来たら立ち止まらず素通りして、逆の肯定的な暗示を選択し続けるんだよ」

ぼくの命は死にはしないぞ、って?

「実際、きみは死すべき命《モータル》などではない。具体的にどうやるかって? 自分は魂《スピリット》ではない、なんていう引っこもった暗示は受け入れないこと。魂《スピリット》が本来の自分だと認める。きみはこれまでずっとそうだったし、これからもそうだ、死すべき命《モータル》というゲームを選んだとしても、魂《スピリット》であることに変わりはない。そんなふうに肯定的な見方に切り換えればいいんだ」

「時空間ゲームのプレーヤーは自らゲームを終わらせた後も魂《スピリット》として全員生き続ける。心配ご無用。きみも含めてね」

こいつはおもしろいな。ジェイミーはシャツの袖のポケットから鉛筆を抜き出すと、今聞いた話を地図の上にメモした。ルイジアナ州グローヴ・ヒルの近くに、「ぼくは魂《スピリット》。それ以外は却下」と。それ以外って、例えば何がある?

「悪いが私は、例えばの話はしない」

いいんだ、今のは独り言だよ。そうだな、例えば……。「ぼくという存在は、限られたものの見方、ちっぽけな思考ばかりを寄せ集めて作られた張りぼて人形なんかじゃないぞ。病気や事故にさらされて、いつか死ぬ仮初《かりそ》めの体に囚われっぱなしでいるのとも違う」と口に出して言った。

「おっ、今のはいいね。否定的な暗示をきっぱり拒否している。じゃあ次は肯定的なのを頼むよ」

彼は少し思案してから無言の回答を述べた。今この体の中にいてもぼくは魂《スピリット》に変わりない。だから傷つくこともなければ死ぬこともないんだ。

「やるじゃないか。きみは自分についての定義を『囚われの身』という否定的なものから『自由な魂《スピリット》』という肯定的なものへと転換した。それをやり続けることだよ。くりかえし、くりかえし、くりかえし。けっして休んではいけない。否定的な暗示に出くわしたら、すぐに却下するんだ。きみの力を削《そ》ぐものがないか、いつも目を光らせているように」

それはそうと、何のためにそんなことをやるのかな?

「知りたければ、実際に試してみて何が起きるか、その目で観察してみるといい」

試してみたとして、そこで起きることが真実だとどうやってわかる？

「残念ながら、催眠に掛かっている間はわかりようがない。自分が魂《スピリット》だと証明することもできなくなる。だからたいていの人間は魂《スピリット》を絵空事と感じるし、絵空事を信じるのは愚かだと思う。愚かでいるのが嫌なので〝自分は肉体以上のものではないんだから肉体の時間が尽きるまで、せいぜい持ち時間を有効に使おう〟という暗示を彼らは受け入れる。それが真実かどうか確かめもしない」

それでも彼らは肉体以上のものだ。そうだろう？

「まあ、答えを焦りなさんな。遅かれ早かれきみにも肉体的な死が訪れる。そのときには晴れて自分が魂《スピリット》だと見極められるだろうからね」

それで、あんたはぼくに愚かになれと言いたいの？

「ジェイミー、私は肉体なんて信じちゃいないがきみは肉体を信じている。そこで聞かせてもらいたいのだが、例えばきみが自分という存在を、時空の枠内に留まった存在——そんな信念などいずれ消えていくものだがね——と見なす代わりに、不滅の魂《スピリット》だと思ったとする。さて、そこにどんな不都合があるだろうか？」

彼は内心ぼやいた。ぼくのこの高次の自己《ハイヤー・セルフ》というか意識体みたいなやつは、まったくへんてこな話ばかりしやがる。だけどぼくが不滅の存在だなんて言うくせに、さっき電線が危ないってわめきたてたのは何だったんだ？

「**あれは私じゃない、きみの忠実なベテラン副操縦士だよ。きみが暗示を解いていざ人生を変えようとした途端、死すべき命《モータル》だと思い出させる。実によく出来た助手だ。きみが自分は突然の事故で死ぬかもしれないと信じている限り、彼は何かにつけて警告してくる――気をつけろ！　電線！　電波塔！**」

パイロットはからかわれているとも気づかず計器から目を上げ、上下左右をきょろきょろしながら必死に電線を探した。

「**冗談だ**」高次の自己《ハイヤー・セルフ》はこともなげに言った。いやはや、油断ならないやつを相手にしたものである。

第一六章

眼下には、単調な牧草地に代わって、ゆるやかにうねる緑の丘と農場が見え始めた。EGT（排ガス温）とシリンダーヘッドの温度は正常。

「**LOAのせいだよ。その仕組みは知っているね？**」

唐突すぎて、何のことやらさっぱりわからなかったが、ジェイミーは新しく展《ひら》けてきた自分の一面をおもしろがっているところだ。やれやれ、今度は略語か。LOAってのは何の頭文字だっけ。小型観察航空機《ライト・オブザベーション・エアクラフト》？ 互いに愛し合え《ラブ・ワン・アナザー》？ それとも頭文字語のリスト《リスト・オブ・アクロニムズ》、なんてね。アハハ、いや失敬。

「**引き寄せの法則《ロー・オブ・アトラクション》のことだ**」

それだ。何であれ、その人の頭の中にあることは現実化し、それを経験することになる。

いわゆる〈引き寄せの法則〉。それにしても頭文字語で謎かけとは。

「**LOA、NYN**」高次の自己《ハイヤー・セルフ》が頭文字語を連発した。

NYNというのも訳がわからなかった。それはどんな意味だい？

「**もうわかっただろう**《ナウ・ユー・ノウ》」

はて、もうわかっただろうと言われてもね。副操縦士はさっき大騒ぎで警告を発するし、そこへもってきて今度は〈引き寄せの法則〉か？　なんだか頭の中がごちゃごちゃしてきたぞ。

「**ジェイミー、これまで話したことをよく考えてみたまえ。例えば、あの彼女は訳もなくきみの前に現れたと思うかい？**」

ディー・ハロックと会ったのには訳があるらしいことはもう承知している。だが今日の午後はそっちの謎解きより、こっちの禅問答で頭がいっぱいなのだ。

それでなくても飛行機を飛ばしているんだから、危なっかしくてたまったもんじゃない。ねえ高次の自己《ハイヤー・セルフ》、質問攻めにしないで、何か考えがあるなら言葉で説明してもらえるとありがたいんだけどね。

「**これはじゅうぶん信用するに足るデータにもとづいて言うんだが、私の知る限りこの飛行機を飛ばすのに、きみは意識のたったの二パーセントしか使わない。仕事をするのはきみではなくこの飛行機だ。きみは単に飛行機を誘導しているだけで、正しく目標を設定さえしておけば、**

あとは飛行機が勝手に……」

今ぼくの頭の中にはディーだの副操縦士の警告だのＬＯＡだのが脈絡なく詰め合わされている――その間のつながりは何だ？　てんでわからない。わからないが、いったん話し出せば、そのうちこれだと思うものに行き当たるかもしれない。思い返せば彼の人生において、そういう途方に暮れる事態は何度もあった。それでいつものやり方を踏襲することにした。つまり頭のスイッチをオンにし、ギアチェンジをする。すると頭の中でもやもやしていたものが形を取り始め、言葉に変換されて出てくるというわけだ。

というわけで、彼はとにかく声に出して話し始めた。ディーと話したことを思い出しながら。「この世界がぼくの受け入れた暗示で出来ているということと、〈引き寄せの法則〉との間に何か関係があるとしたら……」

と、〝関係がある〟と言葉にした瞬間、点と点がつながり始め、彼の中でずっと表現されるのを待っていた概念が着地点を見出し、ある一つの全体像を成していった。それが心の内ではっきりした像を結び始めると、まさに自分にとっての真実と思えた。まるでずっと昔からそこにあったみたいに。どうしてもっと早く気づかなかったのだろう？

ＬＯＡ、引き寄せの法則《ロー・オブ・アトラクション》。どんなものごとかに関わらず、われわれが絶えず思い描いているもの、常々頭の中で考えていることは、遅かれ早かれ現実化し、その人の経験となるという法則。

そして――

催眠術も、同じく思い描くこと、頭の中でこうであると考えることだ。ただし、その作用ときたら、LOAにターボが付いてパワーアップしたようなものである。いったん催眠状態になれば、遅かれ早かれなんて悠長なことを言ってる場合じゃない。暗示を受け入れたらたちどころに暗示どおりのものが現れ、その人はすぐにそれを目で見、耳で聞き、鼻で嗅ぎ、舌で味わい、肌で触れて感じることになるのだ。

その点、ジェイミー・フォーブスはついていた。飛行機は彼が考えたことに対して、ターボ付きLOAほど早くは感応しないからだ。でなければT－34は、さっき彼が法則を理解した瞬間に空中分解し、とっくに消滅していただろう。

ともかく〈引き寄せの法則〉は魔法でも宇宙の神秘でもない。ある考えをずっと保持し、その暗示を受け入れている状態にすぎない。「暗示を受け入れるたび、催眠状態に入る」という決まりごとみたいなものだ。ぼくは内心、飛行機事故を恐れている。だから副操縦士役の分身が、いつもぼくに危険を知らせてくれる。へたをすると、事故に対する恐れのせいで電波塔をも引き寄せかねない。

「引き寄せの法則の仕組みはちょうど……」と彼が言いかけたとき、高次の自己《ハイヤー・セルフ》が最後の言葉を攫《さら》った。「**催眠術の定義そのもの！**」

　厳密に言わせてもらえば――ジェイミーも負けてはいない。こう見えてなかなか正確を期す性分でもある――引き寄せの法則とは自己暗示のことなんだ。自らを催眠に掛け、やがて他人の目にも見える何らかの現実を引き寄せ作り出すこと。ディーがくりかえしぼくに示そうとしたのはこの仕組みだったのだ。

　この世界は、木や石や鉄などから成り立っていると信じきっている人たちがこんな話を聞いたら、驚いて腰を抜かすだろう。世界はそう見えているだけのもの、つまり仮象《かしょう》にすぎないなどとは夢にも思わない。いったん信じ込むと、梃子《てこ》でも動かないそのありようこそまことに驚くべきことであろう。

　もし催眠術の被術者たるぼくたちが、自分の見ているのは全部自らが見ることを承諾した幻にすぎないと知ってしまえば、引き寄せの法則などあたりまえすぎてつまらないものになってしまう。からくりを知らないからこそおもしろいのだ。

*

ミシシッピ州マギーの空港が近づいてきた。ジェイミーはすうっと場周経路に滑り込み、北の方角に向かって降りていった。おそらく横からまともに西風を食らうことになるが、そんな難儀さえ飛行機操縦の醍醐味なのだ。

西風には最終進入の際にサイドスリップして対処した。まず機体を斜め左に傾けながら最終進入する。こうしておけば左輪が滑走路に接地したとき、横風にあおられても機体を真っすぐ保っておけるのだ。左輪が地面に着くと、右輪、前輪の順でやんわり着地させた。

飛行機に燃料を補給し、タクシーを呼んでモーテルに向かった。彼はその間ずっと、ある理解に達しそうな予感に頭がくらくらし、激しい興奮を感じていた。

モーテルにチェックインして部屋の鍵を受け取り、廊下にあったペーパーバックの棚の前を通ったときである。〝その本を買って〟という暗示が閃《ひらめ》いた。

本ならもう買ったじゃないかと、些細なことに難癖をつけたがる古い自分がすかさず横槍を入れてきた。だがそんな小舅《こじゅうと》みたいなやつは今の彼の心境にあっては影が薄くなってきている。

〝いいから買って、その青い本〟。彼は今度はどんな引き寄せだろうと心を弾ませ、暗示に従ってみることにした。

本を買い、うきうきした気分で部屋に入ると、壁を指で軽くコツコツ鳴らした。「こんなにシンプルなものなんだな」

何か、かがターボを唸らせ、ぐんぐん自分に向かってくる予感が彼にそう言わせたのだ。強力な磁石に何かがぴたっと貼り付いてくるような感覚。世界はこうやって動いていたのか。そしてこれは他ならぬ自分が起こした魔法でもある。

「やあ、グウェンドリン・ハロック。ここにいるんだろう?」彼は呼びかけた。

ディーがにっこり微笑んで答えるのがわかった。〝ええ、約束したでしょう?〟

「やあ、ブラックスミス、あんたもいるんだね?」

〝今夜以前に、お会いしたことがありましたかな?〟

「ああ、昔ね」ジェイミーは昂ぶる気持ちを静めるように声を落とした。あれは飛行機に出会う前のことだったのだ。「サム・ブラック。懐かしいな」

〝その本を開いてご覧なさい。どこでも構わない〟

パイロットになり、空の上でいくつも不思議な経験を経てきた今では、この催眠エンターテイナーの言わんとすることがごく自然に信用できた。彼はさっきベッドカバーの上に放り投げた本を急いで手に取ると、もどかしげにぱっと開いた。目に飛び込んできたのは緻密で科学的な文字列だった。飢えた者がずっしり重いライ麦パンを手に入れたみたいに、夢中で貪り読んだ。

人間はさまざまな意識がさまざまな焦点を結ぶスクリーンとしての存在であり、極めて創造性に富んでいる。そしてこの世界は、我々自身が幻影によって創り出し、《時空間》と名づけた四次元的なホログラム（レーザー光を利用した三次元画像）のスタジアムのような領域である。我々はこの領域に入ると、直ちに創造力を司る粒子である《想像子(Imajon)》の生成を開始する。それは激しく火花を散らしながら、怒涛の勢いで生み出され続ける。

想像子自体は電荷を持たないが、我々の態度に応じて、あるいは我々の選択や欲求が加えられることによって強力に荷電され、おびただしい数の《概念子(Concepton)》に変化する。概念子は高いエネルギーを持つ粒子群で、プラス、マイナス、ゼロの、いずれかの電荷を帯びる。

態度、選択、欲求――まさしくそれだと思った。どんな態度でものごとに向き合い、何を選択し、何を欲するか。意識しようとしまいと、どの暗示を受け入れるかはそれによって決まる。それらがほんの小さなひも状をした思考の粒子に作用しているのだ。今、何の粒子と書いてあったっけ？　彼はその部分をもう一度読み返した。《想像子》だ。

プラス概念子の一般的なものとしては《爽快子(Exhilaron)》《興奮子(Excyton)》《熱狂

子(Rhapsodon)》《陽気子(Jovion)》があり、マイナス概念子の一般的なものには《陰鬱子(Gloomon)》《苦痛子(Tormenton)》《苦悩子(Tribulon)》《悲嘆子(Miseron)》が挙げられる。

それならまさに今ぼくが感じているのは、《興奮子》というやつに違いあるまい。

概念子は、すべての人間の意識の中心で数限りなく作り出される。そこではたえまなく爆発が繰りかえされ、概念子の川が、創造力の瀑布《ばくふ》さながら轟音を立てて意識の中に流れ落ちていく。流れ出した概念子は急激にふくれ上がり《概念子雲》になる。この雲は電荷を帯びない場合と、強い電荷を帯びる場合がある。またその時に優勢な粒子の性質に応じ、浮力を持つか、浮きも沈みもしない無重力になるか、重力を持つかに分かれる。

膨大な数の概念子雲が一〇億分の一秒ごとに臨界質量に達し、量子爆発を起こして高エネルギーの《確率波《かくりつは》》に変容する。この確率波は、《起こりうる出来事》によって過飽和状態にある永遠の貯蔵庫に降り注ぎ、その中をタキオン(光より速いとされる仮定的素粒子)並みの超光速で拡散する。

彼には一瞬、ページが消え去って、何かが閃いたように思えた。さまざまなイメージが

走馬灯のように駆け巡った。

確率波を浴びた《起こりうる出来事》の内、その確率波の基である創造的意識の精神的ゆらぎに適合するいくつかが、確率波の電荷量や性質に応じて結晶化され、四次元的なホログラム映像として出現する。

これはまさにぼくが飛行機を飛ばすときにやっているのと同じだ。心のベクトルをどこに向けるか。そして映像をイメージしてシミュレーションすること。ぼくが自己暗示に掛かったとたん、思考の粒子がその……《確率波》ってものの中にすっ飛んで行く。この本を書いた人間はそんなつもりはないだろうが、ぼくたちが毎日やっている催眠術や暗示、引き寄せの法則と同じ話をしているんだ。

我々の心は、かくして具象化された出来事を体験する。具象化した世界には、我々の創造的意識にこれを現実だと認識させ、ここで学習するのに必要な物理的構造を持つあらゆる特徴が備えられている。無意識におけるこのプロセスこそ、全ての事物と出来事を《時空間》という劇場に生み出す源泉そのものと言える。

全ての事物、か。ぼくたちが許可し、視覚化することで物体が生じるというのはわかる。欲しい物が引き寄せられてくるのだ。しかし、全ての出来事っていうのは今ひとつしっくりこない。物に付随して出来事も生じてくるのだろうか？

この《想像子仮説》がどれほど説得力を持つかは、個人個人の体験によりそれがどの程度まで実感できるかで異なるが、本仮説に基づいて次のことが予測できよう。すなわち、我々が意識の焦点をプラスに向け、人生を肯定的に捉えようと意図しそれに集中する時、またそのようにしてこれらの価値観を思考に根付かせる時、プラスに荷電した大量の概念子が創り出される。そこから我々にとって有益な確率波が次々に生み出され、その結果、我々にとって役に立つ《起こりうる出来事》――もし別の選択をしていたら顕在化し得なかったであろう出来事――を現実としてたぐり寄せる、ということである。

これは仮説なんてものじゃない、実際にそうなのだ。疑いなく。本質的な法則。誰だってやってみれば納得するはずだ。最後のパズルが嵌め合わされていく思いがした。

逆もまた然《しか》りで、マイナスの否定的な出来事もこのようにして起きる。プラスでもマイナスでもないゼロのいわば中性の出来事も同様である。我々は惰性的または意図的に、無意識にまたは目的意識を持って、すでに具象化した外側の世界から自分の内面のあり様と最も共鳴し合うものを選び出す。同時に我々は自らも外側の世界へと、具象化を行うのである。

これが答えだ。昨日から考え続けていた謎が解けた。ぼくたちがいったい何のためにわざわざ催眠状態で生きているか？　それは世界を創造するためだったのだ。ぼくたちの内的世界を、外の世界に具現するためなのだ。

誰ひとり受け身で生きている人間などいやしない。誰も他人の人生の脇役ではない。誰も被害者などではないのだ。

ぼくたちは創造する。事物を、出来事を。他には何があるかな？　何かを学び取るためのレッスンも自分たちが生み出したものだ。事物も出来事も、ぼくらの体験として等価であり、ぼくらはそこから貴重な学びを得る。学び損ねたら何度でも新しい事物や出来事を創り出して再び試せばいい。

はたしてこれは偶然だったのか？　衝動買いした本の、適当に開いたページに、こんなことが書いてあったのは？　本の最後には四〇〇ページとあった。そんな分厚い本なのに、ぼくの指はたまたまこのページをめくった。四〇〇分の一の確率だ。それにあの棚には何冊の本があったのか。とすると、もはや偶然なんかじゃない、運命なのだ。定められた宿命なんかとも違う。このページは、ぼくが望んでたぐり寄せたもの。LOAが働いているんだ。

まさにディーの理論どおりだった。

〝もう理論とは呼べないわね。法則よ〟と、彼女のささやく声が聞こえた。

第一七章

翌朝、飛行機のキャノピーを開け、荷物を積み込むと、ジェイミー・フォーブスは再び愛機のコックピットに身を滑り込ませた。多少、空の具合が気になっていた。この先のアラバマに寒冷前線が居すわって、雲が発達しつつあるらしい。嵐になればキロトン（高性能火薬一〇〇〇トンに匹敵する爆発力）級の稲光が、空中の同じ場所でいつまでものた打ち回る。ちっぽけな飛行機でそこへ乗り込んで、穏やかにお出迎え願えるとはとても思えない。

燃料混合気《ミクスチャー》　濃《リッチ》
プロペラ調節レバー　最大《フル・インクリーズ》
点火用磁石発電機《マグネトー》スイッチ　両側《ボース》
バッテリー　オン

燃料昇圧《ブースト》ポンプ　オン。２、３、４、５でオフ
プロペラ周り　クリア
始動《スターター》スイッチ　オン

〝機長、お帰り！〟とでも言うように、青い煙が轟音とともに噴き出す。

彼はこれから向かう東方の空の様子をうかがいながら離陸した。白い雲の中に怪しげな黒雲が混じっている。これからあそこに突っ込むなら、計器飛行方式のフライトプランを提出しておくべきだったか。

そうなると有視界《ゆうしかい》飛行のときと違って、操縦を分身まかせにおちおち考えごとなどしていられなくなる。雲を避《よ》けながらの有視界飛行を選んだのは、そのほうが自由がきいて楽しいからだ。計器飛行で飛んでいて、もし雲に囲まれ何にも見えなくなったりしたら、計器の指示に従いそれと寸分たがわぬ数値を保って飛ばなければならない。

一九二九年、かのチャールズ・リンドバーグはニューヨークからパリへ飛行したが、当時は航空路図どおりに飛ぶ必要はなかった。と言うより自分で自分の航路を切り開くしかなかったのだ。

ジェイミーは五五〇〇フィートのほどよい中高度で巡航した。鷲《わし》のように悠然とＳ字

ターンを描いて雲を避《よ》けていく。眼下には干し草畑が織りなすキルト、上空には雲の織りなすキルト。東に向けて飛びながら、ミシシッピの白い綿雲を縫うように抜け、思うままに上昇したり直線的な滑空をした。

彼は再び思索に耽った。単独無着陸大西洋横断――誰かが「その役」をやると決意しなければならなかったのだ。しかし、あらかじめ作られた道はなかった。オートメーションで量産できるような成功物語ではなかったはずだ。操縦を習い始めた頃のリンドバーグは名もなき一訓練生にすぎなかった。その男がたった一人、飛行機で世界を変えるにいたるには、いくつもの決定を下さねばならなかっただろう。選択に次《つ》ぐ選択をし、それらを手ずから溶接するように貼り合わせて。

油圧、油温、ともによし。排ガス温、燃料流量、エンジン回転数、吸気圧、すべて異常なし。

ヒーローは独力で始めの一歩からスタートしなければならなかった。その後、態度、選択、欲求というプロセスを何千回となくくりかえすことになるが、まず手始めに〝五〇〇ドルの現金を生む可能性〟という炉《ろ》に、一〇兆分の《想像子》を集中投入する。うまく現金が具象化したら、次は現金を元手にカーティス製の複葉機《ふくようき》〝ジェニー〟という鋼《はがね》で出来た飛行機を買う。まるで想像子の炉から熱く溶けた鉄を取り出し、叩いては延ばして形作っていくように。さらに鋼をちょちょいと曲げてアレンジを加えるかのように、ジェニーを使って〝地方を巡業し、人に操縦を教え、郵便飛行をして生きる術《すべ》〟を生み出す。物をいとぐちにして出来事を創り出したんだ。そして空を飛びながら、まだ誰もなしとげたことのない単独大西洋横断を、大きな飛行機でなくこんな小型飛行機によってできないものかという着想を得る。

できるという暗示群、できないという暗示群がやって来たら、それらの中から生かすもの捨てるものを選ぶ。できるという暗示を選んだときには、脳裏に未来のビジョンが広がったことだろう（興奮子雲がむくむく湧き立ち）――よし、飛行機を一機作ってもらおう。クロード・ライアンが手掛けた郵便飛行機M－2みたいなやつで、座席は一人分。残りのスペースは全部、郵便物の代わりに燃料をみっちり積めるような設計にするんだ（臨界に達した興奮子が炸裂する！）――と。

リンドバーグは地方巡業をしているとき、空の上で緻密なアイデアを練っていたのではないだろうか。生活手段でしかないアクロバット飛行や遊覧客を乗せての飛行は、自身の分身である副操縦士役にまかせて。例えば――時速一〇〇マイルで飛ぶと三五時間でパリに着くから、燃料は一時間あたり一二ガロンとして、四二〇、いやざっと見積もって五〇〇ガロンだ。一ガロンは重さ六ポンドだから、燃料の総重量は三〇〇〇ポンド。これだけの重量だと燃料タンクを機体の重心に据《す》えなくてはならない。満タンでも空《から》になっても重心を安定させるために。それと「空飛ぶ燃料タンク」というぐらい、タンクを大きく取る。できなくはない、なんとかなるかもしれないぞ――と。

リンドバーグもエンジンの唸りの向こうに《概念子》の弾ける音を聞いただろうか？　しかし、どんな造りの飛行機で行くべきか真剣に考えて希望を募らせる一方で、一か八《ばち》かの賭けに出るような心境だったに違いない。否定的な概念子の波が押し寄せることだってあっただろう。

――チャールズ・リンドバーグってやつ、単発単葉機《たんぱつたんようき》で行ったって？　無謀なチャレンジをしたもんだ。洋上で行方不明だってさ。そんな長距離を飛ぶんなら、せめて多発の複葉機でなければ無理だってことぐらい、飛行機乗りなら知らないはずなかったろうに。パリまでたった一個のエンジンで？　きっと頭がイカれちまってたんだな……。ああ、チャールズなんとか、昔そんなアホがいたっけ――

――そんな羽目にならないためには良いエンジンが要る。ライト・ホワールウィンドの最新型エンジンはどうだろう――

リンドバーグは、郵便飛行機を飛ばしながらそんな内面の葛藤をくりかえしたかもしれない。

いくつもの選択を経てアイデアは想像子に、想像子は紙の上で設計図になり、図面を元に溶接鋼管《ようせつこうかん》製の機体が作られ、最後に布で覆われる。こうして〝スピリット・オブ・セントルイス号〟が出来あがった。

ジェイミーはそろそろ上昇することにした。前方の雲が急に膨れ上がり、壁のようにそそり立ってきたからだ。

燃料混合気《ミクスチャー》を最濃《フル・リッチ》にし、プロペラは最大《フル・インクリーズ》を維持、スロットル全開。

こうして物思いに耽《ふけ》りつつ朝は過ぎていった。一万二五〇〇フィートまで上昇し、さらに昇ってようやく雲の外に出た。突然の眩しさに目をしかめ、ヘルメットの黒いシールドを下ろす。

誰かがチャールズ・リンドバーグになると決意しなければならなかった。自ら考え抜いた暗示を受け入れ、自分に催眠を掛けて望むところを行ない、歴史を塗り替える。そもそも、そんな決意をしたのは誰であったか。他でもない、彼の心の内に存在したチャールズ・リンドバーグその人だった。

ぼくは今どんな暗示を選択しているだろうか。彼は自分に問いかけた。ジェイミー・フォーブス、おまえはいったい何を変えるつもりなんだ？　何者になろうと決心してきたんだ？

第一八章

南の方角に視線を向けると、雲がさらに猛々しく盛り上がってきていた。おそらく二万五〇〇〇フィートぐらいの高さはあると彼は推測した。必要とあれば、あと五〇〇〇フィート上昇できる。もし雲の切れめがあったら、そこで雲の下までスパイラル降下してもいい。もしもの場合は、計器飛行方式に切り替えることも可能だ。

昨晩、念のため予備として計器飛行でのフライトプランを航空交通管制センターに提出しておいたので、無線でひと言通知すれば切り替えられるのだ。しかし、そうなると心の赴《おもむ》くままではなく、提出して承認を得たフライトプランどおりに飛ばなくてはならない。フロリダのマリアーナに着くまで、定期航空路の中心線から外れることができないのだ。そうなると雲を避《よ》けたくても雲の中を飛ばなければならない。万一霧が充満し、分厚い雲になっても、その中を突っ切るしかない。

が、計器飛行はあくまでもしもの場合だ。当面はこのまま一万二五〇〇フィートで巡航し、さほど高くない雲があればその上に出てやりすごすことにしよう。

　飛行が安定してくると思索に戻った。ブラックスミスは自ら催眠を解除し、肉体から自由になったかもしれない。だが、ぼくはまだ死にたいと思わない。もっとゲームをし続けていたい。このまま生徒たちに空の飛び方を教えて過ごしたいし、こうして飛行機で飛び回っていたい。それが好きでたまらないからだ。

　確かにサム・ブラックは不死身とやらになり、みんなの総意が世の習いとして創り出した〈死すべき命《モータル》〉の次元からは、まんまと抜け出したかもしれない。だが、その向こうにはやっぱり〈来世ゲーム〉とでもいうような暗示の世界が、待ち構えていたんじゃなかろうか？　そこでもまた新たな暗示の山がどかんと押し寄せ、受け入れるか却下するかの選択を迫られるだろう。まあそこで自分が一時間前までは絶対に破れなかった〈肉体の限界〉の法則から解き放たれて、〝今、魂《スピリット》という純粋な存在に戻ったんだ〟と信じるのも当人の自由ではある。

しかし他人が何を信じようと、ぼくはぼくだ。そのことが自分にとって納得のいくものでない限り、それに左右されたりするまい。

自分は肉体から解放された魂《スピリット》だと確信がもてた瞬間、ぼくらは壁をすり抜けられるのだろう。そしてもう嵐や事故の暗示に震えあがったりはしないし、病気をしたり年老いていく苦しみもなくなる。今もどこかで起きている戦争という殺し合いに、翻弄される必要はなくなるのだ。そうすれば土に生きたまま埋められ、銃で撃たれ、骨を打ち砕かれるような心配もいらない。生身の肉体を持たない者は、爆弾で吹き飛ばされたり、鎖につながれ、拷問されることはないからだ。また自分や愛する人々が食中毒や伝染病に侵されたり、麻薬中毒になってしまったり、窒息、交通事故、あるいは溺れて死んでしまうことを恐れなくてもいい。それから人間が人間を閉じ込め飢えさせたり、投獄して殴り、鞭打ち、感電、絞首、斬首して処刑するような惨《むご》いことにも無縁になる。魂《スピリット》に戻れば、どんな肩書きを持つお偉い方々や政府機関にだって、二度と操《あやつ》られたり踊らされたりはしないだろう。地球や銀河系やその外に広がる宇宙、時空の法則が支配するどんな場所にいようとも。

とはいえ、魂《スピリット》としての存在に戻ったとしたら、それはそれで不都合がないわけじゃない。もし魂《スピリット》が人間界においてはごく普通の暗示を認めなくなったら、金輪際この人生ゲームの遊び場を利用することは叶わなくなってしまう。むろんこの空間に出入りして好きなように漂うのは構わないが、地上の人間のように授業に参加し、学び続けることはもはや許されない。

サム・ブラックは〝自分は時空間を卒業した〟という透徹した信念を獲得したことで、肉体とのつながりを終わりにしたのではないか。彼同様、おそらく死んで魂《スピリット》に還った者はみなそう思っているだろう。そして、かつて〈時空間〉の内側の生涯で身に付けた経験の価値や、「いち抜けた」をやったがゆえに学び損ねた教訓をふり返り、反省したりすることもあるかもしれない。

しかし、自分がそんな大きな選択をするのはもっと先でいい。まずは今ここにある、もう少し簡単な練習問題を片付けるとしよう——機長の彼はそう判断を下した。

例えばこの高度計は実在しない。〝高さを示す計器の目盛りが、一万二六〇〇を指している〟という暗示にすぎない。この高度計はぼくの決めつけと思い込み。錫《すず》とガラスのように見える丸い板。黒地に白い針。が、そう見えているだけで本当は違う。ぼく自身の想像子が、ぴかぴかに磨き上げられた高度計らしきものを仮象させているだけなんだ。

そんな計器など本当は実在しない。コックピットも飛行機も、ぼくのこの体もこの惑星も、物質宇宙そのものさえ、ことごとく暗示の見せる幻視なのだ。ぼくが〝斯《か》くあるべし〟と思うことにした筋書きに沿って姿を変える、思考粒子の雲にすぎない。

だとしたら、それ以外の何が実在だというんだ？

彼は地上から二マイルの高高度を飛びながら苦笑いした。昨日までは飛行教官をしてどうにか暮らしていけるだけで、文句なしに幸せだった。それが今ではこんな途方もないことを考えだす始末だ——暗示と催眠と思考の粒子、それが作用するやいなや、万物を岩の塊《かたまり》のように凝固《ぎょうこ》させるというわけらしい。ふと「賢者の石」という古い言い伝えが頭に浮かんだ。その昔、錬金術師たちは象牙の塔にこもり、夜な夜な羽根箒《ぼうき》を手に、卑金属物質に石の粉をふり掛けて金を作ろうとした。暗示と催眠と思考の粒子は、まさにその作用からして「賢者の石」なんじゃないだろうか。

今やぼくは、石は暗示と催眠状態が見せる虚像だと思い始めている。そしてもし石が実在でないなら、何が本当の実在なのかと疑問に思っている。

ブラックスミス、あんたはぼくに何を仕掛けたんだ？　五〇年間、平々凡々に生きてきたぼくに、今さら澄ました顔して〝世界の実体は、きみが思うのとはまるきり違う〟なんて暗示をちらつかせて。おかげでこっちは、何もかもいっぺんにでんぐり返ってしまったじゃないか。

機首の前方一面を覆っていた雲に、切れめが見えはじめた。眼下の分厚い層にもいくつも穴が開きだした。良い具合だ。

そうだ、すべては変化する。千変万化。それはそれでいい。が——

機首を少し下げ、スピードを一八五ノットから二〇〇ノットに上げた。

変わらないもの、それこそが本質、実在というものじゃないだろうか。それくらいは宇宙船の設計者みたいに頭脳明断でなくともわかる。一介のパイロットにだってね。かつてはそうだったが今は違うなんてものは本質とは言えまい。すると話は同じところに戻ってくる。「何が実在か、何が永遠に実在であり続けるか?」

雲のてっぺんに沿わせるように飛行機を傾けると、翼の先で霧が逆巻き、ヒューッと音を立てた。

何かしら実在するものがあるはずだ。神とか創造主とか、呼び方は何でもいい。愛もそうだろうか?

永遠に変わらないもの、それが何なのか、ぼくはまだ知らなくていい。いつかわかる日が来る。

それより今この瞬間に知っておくべきことがある。つまり、自由になるには、サム・ブラック方式の催眠解除で地球上から消えるというやりかたでなくても、自分に新しく別の催眠を掛けなおせばいいということだ。どっちもトランス状態には違いないとしても、好むやりかたを選んで生きることができる。ぼくにはそっちのほうが向いている。ぼくはこの地球の時間と場を長く楽しむつもりだ。地上にいながら天国を生きるのだって可能だし、地獄を生きるのもまたその人の自由なのだ。自分が何を信じようとするかに従って、それに適した暗示を自分に掛けなおせばいい。

燃料はあと一時間四〇分は飛べるだけ残っている。雲がちぎれ、まばらになってきた。マリアーナ空港が見えてきた。機首を下げ、対気速度を徐々に二一〇まで上げた。

さあて、どんな暗示を選び、どんな暗示に沿って生きることにしようか。はたして自分はどんな人生を望むのか。マリアーナでひと休みしたら、家まであとひとっ飛びだ。このフライトを無事に終えたら、そしたら……

そしたらどうする？

頭の中で、長い沈黙があった。誰も何も言ってこない。

どんなことでも思いのままだ。どんな想像子を出して生きるのも、それなりにおもしろいに違いない。

だが一番いいのは？　一番幸せな想像子は？

それを言うなら、ぼくはもう全部手に入れている。キャサリンとの結婚生活は素晴らしいし、教え子にも恵まれ、飛行機も何機か所有している。暮らし向きは上々。今のままでもうじゅうぶん天国なのだ。

急にこの世界の仕組みがわかって、ものの見方が大きく変わった気はする。しかし、それで自分はどこか少しでも様子が変わっただろうか。

ヘルメットのシールドを上げ、キャノピーの鏡に映る自分をしげしげと見たが、今朝と何にも変わらない自分がそこにいた。

いいや、知ったということはやはり画期的な変化だ。その変化たるや、地上でべったり暮らしていた人間がフライトスクールに通い、空を飛ぶためのパイロット免許を取って帰るのと同じくらい大きい。姿形は変わらないから鏡に映したって違いがわからない。だが、スクールに行って実際にやってみるまでは奇跡だと思っていた技術が、実際的な能力として身に付いているはずである。

自分もそれと同じだ。鏡に映っているこの男は、昔は逆立ちしてもできなかったことが今はできるんだ。

第一九章

マリアーナの飛行場でサンドイッチと一パイント（約五〇〇cc）入りの牛乳を買った。飛行機の給油を済ませたトラックが行ってしまうと、彼は翼の下に腰を下ろし、サンドイッチの包みを開きながら考えた。

やりかたはもうわかった。だから、たとえ状況がどんなふうに見えるときでも、今の自分なら、そうしたければいつでもそれを変えられる。さて、何を変えようか？　どんな暗示を自分に仕掛けてやろう？　自分の信じたい暗示を真実として受け入れた催眠状態のもとで時空間ゲームを行うとき、周りの世界がどう変わるかをこの目で確かめてやるんだ。

ジャクソンビル地区の区分航空図を広げた。陸地の部分は、標高が低いので全体的に緑系の彩色が施《ほどこ》され、メキシコ湾は水色の単色で塗られている。袖《そで》のポケットからペンを取り出して、水色の海の上にペン先を構えた。

これから自分に催眠を掛けるのだが、ぼくという人間はぼく自身と周りにどんな世界を望んでいるだろうか？　しばし思案すると、次々と頭に浮かび上がってきた願望を地図の上にブロック体で、ていねいに書き記していった。


ぼくの身に起きることは、必ずそれに関わるみんなに良い影響を及ぼす。

ぼくはいつも人から親切にされる。ぼくが人にそうするのと同じくらいに。

ぼくはいつも偶然の導きによって、互いに何かを学び合える相手に出会う。

ぼくがこうあろうと決めた人間になるのに必要なものは、必ずちゃんと自分の中に用意されてある。

ぼくは自らが身の周りの世界を創り出したこと、いつでも望むときに自分の暗示の力で状況を変化させ、好転させられることを、常に意識している。

ぼくが変えようと企画したとおりに世界が変化してゆく徴候はくりかえし現れ、すべてが順調に進行中であることを教えてくれる。ふたを開けてみれば想像していた以上に良い展開だった、ということはしばしばある。

何か疑問があるときは、必ずはっきりした形で答えが返ってくる。その場で答えがぱっとわかることもあれば、忘れた頃にふとやって来る、心の内から湧き上がってくる。

地図からペンを浮かし、書いたものを読みなおした。なかなかどうして、初めてにしては上出来だぞと思った。もしぼくが催眠療法士なら、クライアントにこんな自己暗示を掛けさせるだろう。そして当面そのクライアントは、もちろんぼくってわけだ。

それから、われながら不可思議な想像にしばし身をゆだねた。目を閉じ、この瞬間この飛行機の翼の下、進化した魂《スピリット》が自分と共にいるのだと思ってみたのだ。

そして、その存在に向かってささやきかけた。「何かこのメモにつけ加えることは？」

すると手の中でペンが息を吹き返したように自動的に動きだし、さっき彼が書いたのよりも大きな文字で、大胆に書き始めた。

ぼくは今ここにあるがままで完全な命の完全な表現である。

ぼくは自分の本質と自分に備わった力が、いかに外側の世界に影響を与えるか、日々理解を深めつつある。

ぼくの至高の自己《ハイエスト・セルフ》が、この旅の間じゅう、ぼくを守り育み、導いてくれることに心から感謝する。

そこでペンがぴたっと止まった。それが動くのを見ていた間は、体じゅうにびりびりと電気が走り、総毛立つ思いがしていた。まるで科学博物館が所蔵する、バンデグラーフ型の巨大静電高圧発電機の傍《そば》に立ってでもいるかのようだった。しかし言葉が書き尽くされるやいなや、その電気エネルギーはぴたりと止《や》んだ。

いったい全体、何が起こったんだ？　われに返るとなんだか滑稽になって、自分で自分を笑い飛ばした。さっきの答えが返ってきたんじゃないか。メモにつけ加えることはないかと訊いたことへの。

すると、彼の認識が到底及ばない潜在意識の深みから、**「答えはきみが問いを発する以前から存在する。性急であってはならない。答えがゆっくり来るのを望むなら、はっきりそうリクエストしなさい」**と答えるものがあった。

サンドイッチを食べ終わって身を屈めながら翼の下から出ると、さっきとは世界ががらりと違って見えるようだった。ただ、メモ中の「守り育む」という言葉だけは少し旅の実情にそぐわない気がした。彼はそれが意味する本当の偉力をまだ知らなかった。そして、ペンを動かしていたのがどんな存在だったにしろ、感謝の気持ちなど書いた傍からきれいさっぱり忘れていた。

第二〇章

マリアーナを出発すると、さらに南を目ざして飛んだ。昼下がりの空は本格的な雷雨模様となり、稲妻が威嚇するかのごとく走り始めた。飛行機搭載ＧＰＳのディスプレーには、高さ四万二〇〇〇フィートもある雨雲の様子が示され、この先の航路に沿って警告を示すマークがひしめき合い、真っ赤になっている。

ジェイミー・フォーブスはしばし暗示のことを忘れた。ここが催眠の世界であろうとなかろうと、小型飛行機で飛んでいる身で雷雨なんかとかかずらっている場合ではない。目の前のモンスターめいた雲に気をとられていた。

雲のてっぺんまで上昇するのは無理なので、高度一〇〇〇フィートで行くことに決めた。小さな飛行機は、速いスピードで黒い雨の柱の合い間を縫うように飛び抜けた。

大粒の雨がパラパラッと来たなと思っていると、いきなり滝のような雨が機体を叩きつけた。束の間、雨の外に抜け出したときには、翼とフロントガラスの汚れが流れ落ちてぴかぴかに光っていた。

よし、今日は計器飛行方式には変えずに、このまま行くとしよう。GPSは確かに便利でいいが、管制の指示する数値を守って飛んで、もしまた雷の近くにさしかかって画面がフリーズしようものならそれこそ一大事になる。

天気が良い日は計器が狂うことはめったにないのに、計器だけが頼りの悪天候のときに限って狂ってしまう。あれは本当に不思議だ。これがまた頻繁に起きる。だからこそ備えあれば憂いなし。ゆえに予備は必ず持っておくよう心がけている。

そういうわけで彼は予備の計器に切り替え、低く飛んでいた。眼下には広大な矮性《わいせい》マツの森。背後、マリアーナの方角では雲から落ちてくる雨が、まるで銀の鎖帷子《かたびら》で出来た厚いカーテンのようだ。さほど激しく降っていない場所はあるにはあるが、視界が一マイルに満たない所もあちらこちらにある。こんな天候の中を飛ぶこと自体は違法ではないが、高速の飛行機でこのまま飛び続けるのは安全とは言えまい。

床に落ちた地図を拾い上げ、現在地を確認した。一番近い飛行場はここから南西に六マイル。見るとそっちの方向一帯は真っ暗な雨雲に包まれている。

意気さかんな新米パイロットだった頃、あえて雷雨を衝いて着陸しようとしたことがあったが、〝あれをもう一回やるか？〟という暗示は早々に却下した。二度とご免こうむる。となると、次に近いのは南東一五マイル先のクロスシティ空港だ。その方向にもすでに雲が重く垂れこめ、西からは雷雨が近づきつつある。だが彼は迷わずそちらに機首を向けた。どうせもう、まっすぐな航路からは外れているじゃないか。こっちの飛行場からあっちの飛行場へジグザグ飛行。睡蓮の葉から葉へ跳び移るカエルだ。

この先すべての飛行場が嵐に見まわれていたら、とりあえず一番近い飛行場に着陸し、嵐が通り過ぎるまで待とうと、さっきからそう決めていた。実行に移すなら今であった。

クロスシティの向こう側一〇マイルの辺りから、真夜中のようなどす黒い嵐がどんどん近づいていた。「**急げば嵐が来る前に間に合う**」という暗示が浮かぶ。

よし行こう。エンジンを全開にし、機首を下げる。小さな飛行機は唸りをあげ、対気速度一九〇まで一気に加速する。

コックピットの中で声に出し、「ぼくの至高の自己《ハイエスト・セルフ》は、この嵐を軽々と切り抜ける」と宣言した。もう笑っていなかった。

八〇秒後、クロスシティの滑走路が視界に入った。西からは高さ一〇〇〇フィートはあろうかという大津波のような雨の壁が、轟音を立て、刻々と迫ってくる。その下では鋭い閃光が闇を切り裂き、枝分かれしながら大地に突き刺さる。

「クロスシティ管制塔、こちらビーチクラフトT－34チャーリー。北東一マイルから21滑走路の上空三六〇度、初期進入《イニシャル》。クロスシティ管制、進入を許可願います」

進入許可だって？　こんなときにどこのどいつが着陸しようってのか？　あと何秒かで嵐に呑み込まれる場周経路に入るなんて、まともな神経じゃ考えられない。管制官なら誰でもそう思うだろう。

そのまともじゃないのが、ここにいるってわけさ！

T－34は二〇〇ノットそこそこの速さで滑走路の一〇〇フィート上に降りていった。スロットルをアイドリングさせ着陸態勢に入り、追い風に乗る。軽く上昇して対気速度を落としたら、車輪を出して（通常の軽飛行機とは違い、T－34は車輪を機体に出し入れすることが可能）下げ翼《よく》にし、機首をぐっと下げ急角度で最終進入。滑走路が目の前でみるみるうちに膨らんでくる。と、その前方が急にねずみ色に滲《にじ》み、雨雲の壁に呑み込まれた……二秒、三秒、着陸装置位置の表示が〝全車輪接地《ホイールズ・ダウン》〟になり、濡れた路面に着地したタイヤがはげしく水しぶきをはね上げる。

一分後、猛烈な土砂降りに降りこめられながら駐機場まで地上走行《タキシング》する間、ジェイミー・フォーブスはキャノピーの中で水のない金魚鉢の金魚になった気分だった。エンジン音は雨音に完全にかき消されているが、プロペラが回っているところを見ると、まだエンジンは動いているらしい。それ以上のことは皆目わからない。

誘導路の上でブレーキをかけて停止した。雨脚はいっこうに弱まらない。近くで稲光がして雷が落ち、足もとが揺れて機体がミシミシ鳴った。彼はそっと地図を畳んだ。

そのとき、地図の隅に太く書かれた文字が目に飛び込んできた。

ぼくの至高の自己《ハイエスト・セルフ》が、この旅の間じゅう、ぼくを守り育み、導いてくれることに心から感謝する。

危険の真っ只中を無事に切り抜けられて初めて、「守り育む」という言葉の深い含意に気がついたのだった。

第二一章

隣町のゲインズビルで〈南東部・乗馬愛好家コンベンション〉なる催《もよお》しがあるらしく、クロスシティのモーテルはどこもかしこも予約でいっぱいだった。どのモーテルに電話しても、フロント係が「申し訳ございませんが、月曜まで満室になっております。はい、スイートルームも埋まっている次第でして」と、ていねいな口調でかしこまって言うのだった（ほうら、メモどおりじゃないか。ぼくはいつも人から親切にていねいに扱ってもらえる。ぼくが人にそうするのと同じくらい）。この町にはもう、掃除用具入れや犬小屋すら空いていないんじゃないかと思うほどの混みようだ。

仕方がないので、空港の外に出ず、誘導路に溜まった雨が乾いてくれることを祈りつつ、今夜は翼の下に非常用毛布を敷いて寝ることにした。朝が来たらそのまま南へ向けて飛び立とう。

残念ながら雨が乾くという希望的暗示は実現しなかった。代わりに蚊の大群が具象化した。日が暮れて間もなくすると、ブーンブーンと群がってきて、とてもじゃないが翼の下では眠れなくなった。毛布を持ってコックピットに退散し、小さな猛獣どもから逃れるようにキャノピーをしっかり閉めた。上半身は背もたれの左側、両足は右側のペダルの上にのせ、できるだけ体を伸ばせるようにした。

せっかくなので、懐中電灯の明かりでT‐34機の手引書を久しぶりに読みなおすことにした。一五一ページもあって読みごたえのある内容だし、写真も多い。ところが三三ページまで読み進んだところで明かりがふっと弱くなり、電池が切れた。

こんな暑くて窮屈なところで一人ぼっち、服は濡れているうえに真っ暗ときた。夜明けまであと一〇時間もある。さっきはいきがって自分の周りの世界を変えてみせるだなんて自己暗示を掛けてはみたけれど、その結果がこれとは……。

「ご不満のようだが、きみは〝毎晩、心地いいベッドで眠る〟なんてことを明言したわけじゃあるまい」とどこかから皮肉っぽい声がした。**「きみが意図したのは、想像し、望んだことが現実になるということだった。どうだい、嵐にぶつかってきついテストではあったけれど、無事着陸を願って、そのとおりになっただろう？　困難に遭うのはご免だと思ったのなら、きちんとそう言うべきだった。きみを危ない目に遭わせたり、不快にさせるものなど必要ないので**

あれば、メモにきちんとそう書くべきだった」

なるほどね。彼はどこかに替えの電池はないか探した。懐中電灯がもう一度使えたなら、メモのリストに「ぼくにとって不都合で不快なことはけっして起こらない」と書き足してくれる。結局、電池は見当たらなかったし、濡れた服が肌に貼りつき、窮屈で暑くて息苦しくて仕方なかった。そのくせ、この次はリストにどんな願望を盛った暗示を付け加えようか、今度はどんな自己催眠を掛けようかと考えると、次こそ好ましい結果を得られるという期待で、ついほくそ笑んでしまうのだった。

ぼくはいつも旨いものを腹いっぱい食べる。ああそれと、毎朝自然に目覚め、ベッドからゆっくり出ればよく、ゴミ出しなんかもまったくしなくていい。請求書の支払いも放っておいて問題ない……。そうなったらまったく愉快だ。彼は勝手な想像をどんどんふくらませた。

その夜、もし近くでテントを張って野営している人がいたなら、暗がりのどこかからジェイミーのクスクス笑う声が聞こえたかもしれない。

第二二章

何か夢を見た気がするのだが、よく覚えていなかった。日が昇る少し前になってようやく眠りはやって来た。飛行士は夢の中で学校に戻っていた。学校でないとしたら、どこか四面を黒板に囲まれた部屋だが、黒板には何も書かれていない。

よく見れば文字がびっしり書かれていた跡はあるが、すべて黒板消しで消されて、チョークの白い粉が幾筋も残っていた。目覚める直前、一枚の黒板がぐいと目の前に現われた。そこにはたった一つ、チョークで書いたものとは違う、石で刻まれた文字があった。

「命」と。

その文字を目にしたと思った刹那、部屋が黒板もろとも回転しながら遠のき、彼は東雲《しののめ》の光に目が覚めた。見上げると雲一つない藍色の空が広がっていた。

ジェイミーはいつも夢を忘れてしまうのだが、今朝の夢の尻尾《しっぽ》だけはけっして手放すまいと思った。それを固く掴んだまま、じっと夜明けを待った。

この夢こそ探していた答えなんだ。やっと見つけたぞ。

手に答えを握りしめ、そもそもの質問を思い出そうとした。いのち、か。命、命、命――質問自体は思い出せないが、この一語、書き留めておくべきだろうか？　ばかげているかもしれないが、地図はちょうど右側のスイッチパネル台に置いてあり、どうぞ書いてくださいと言わんばかりだ。彼は袖ポケットからペンを取り出し、地図に「命」と書き入れた。

これぞ絶対に忘れてはならないキーワードだという気がしたのに、そのあと時間が過ぎるごとに、しだいにばかばかしく思えてくるのだった。「命だな、よしわかった」が、さらに何秒か経つと「お次は何だ？」になり、しばらくするとそれも「だから何だ？　命？そりゃあご大層な言葉だが、この際それだけじゃ意味がよくわからんね」に変わる。

もがくようにしてコックピットから這い出ると、外気はひんやりしていた。蚊もいなくなっていた。翼の上に立つと、捻《ね》じれて強張《こわば》った体が無理に伸ばされて悲鳴を上げた。これじゃあプレッツェル（結わえた形の固いパン）を真っすぐにしようとするようなもんだ。地面に跳びおりるのに、たった二フィートの高さが四フィートもあるように感じた。

やれやれ、とんだ一夜だった。体じゅうが凝《こ》って、痛くて仕方ない。地面から立ち上がりながら、つい愚痴をこぼした。

日の出はこれからだ。彼は頭を切り替えた。さあ、新しい一日が始まる。ぼくはそれを真実と認めたわけじゃない、そんな足枷《あしかせ》につながれはしない。いいや、二度とそんな愚痴を口にするつもりはないぞ。ぼくの中のおまえが繰り出す、まだるっこいしょぼくれた暗示なんかクソ喰らえだ。やれ体が痛いの惨《みじ》めだの、やれどうせ無理だの、ぼくにはそんな暗示も催眠もみんな的はずれ。ほら、体が凝って痛くて仕方ないなんてことは全然ないね、むしろその逆さ。ぼくは今このままで完全な命の完全な表現なんだ。今朝は体が蛇みたいにしなやかに動く。痛みはゼロ、不快感ゼロ。健康状態は完璧、気力じゅうぶん、頭は冴えて集中力もある。休養もたっぷり取れたし、飛ぶ準備は万全だ。どんなもんだ！

彼はある部分では、こうやって催眠解除をゲームとして冗談半分にやっているのだが、そんなゲームが本当に効果のあるものか、確かめてやれという気持ちもあった。

はたしてそれはめざましく効を奏し、彼は驚かされることになった。なんと凝りと痛みが引いたのである。あの愚痴の暗示を後生大事に抱えないで脇に置いたとたん、気分がしゃきっとしたのだ。まるで気の良い吸血鬼が来て、肩から悪い血をすっかり吸い取ってくれたみたいだ。

夜明け前の薄明かりの中で、全然痛みがないようなつもりで歩いてみた。聖書に出てくる瀕死の病人が起き上がって歩き始めるように、楽に歩くことができた。憑《つ》きものがすとんと落ちたみたいだ。余分な力が抜け、ごく普通に体が動く。

心の内側の客席から拍手喝采、ピーッという指笛の音が聞こえた。確かに、今のはちょっとした奇跡を起こしたみたいだったな。彼はふり返って検証してみた。まず否定的な暗示を即座に退け、すぐ続けて本来の自分について肯定的に捉えなおした。すると愚痴だらけの暗示は排除されて忘却の彼方に消え、代わってもりもりと力が戻ってきたんだ。

この世界の仕組みは、本当に今まで見えていたのと違うのかもしれない。勝利を味わうように、薄暗い誘導路をゆっくり走りながら考えていた。どうせどちらかを自分の真実として選ぶのだったら、気が重くなるような暗示より、気持ちを明るく引き上げてくれるもののほうがいい。

こう考えることにしよう。つまり、今ぼくは配線をしなおしているのだ。陰性のエネルギーが流れてきたら、陽性のエネルギーを出す線に差し替えて様子を見る。神様は、これまでにぼくがじゅうぶんすぎるほど下降、低迷してきたのをご存知だ。そろそろ上昇で行くとしよう。

妙な感じだな、こんなことぐらいで自分が……と思いかけて、すぐに考えなおした。ちっとも妙じゃない。いたって自然でまっとうだ。

彼は苦笑した。あんまりのめり込むのは止《や》めておいたほうがいいぞ。いいや、もうのめり込んでいるさ。実際この配線替えは役に立つ。ぼくの人生を前向きに肯定してくれるもの、それだけがぼくのゲートを通って中に入れる。

どこかから否定的な暗示が飛んできたら門前払いだ。こっちには断る権利がある。

〝さあ、来い！〟彼の内側ににわかに現れた楽天的で威勢のいい男が、闇の勢力に向かって吠えている。〝次はどんな手で落ち込ませようっていうんだ。やれるものならやってみろ。こっちだって手加減なしに反撃するからな！〟

ジェイミー・フォーブスは、新旧のマインドが繰り広げるせめぎ合いを笑いながら覗き込んだ。彼は新しく登場した頼もしく思えるほうに賭けてみることにした。

ありがとう――――内なる師に対し、感謝の念が自然に湧いてきた。自分の内にある自らを守り育む力に対して。そしてその師に向かって語りかけた。さてと、いよいよこれからが本番だ。ぼくがどんなに変わっていくか見ていてくださいよ。

第二三章

嵐が去り、空はどこまでも限りなく澄みわたっていた。南東部全域に、いわゆる抜けるような青空が広がっていた。

飛行前の点検をしつつ、ジェイミー・フォーブスは予測を立てる。正午には小さな積雲が湧いてきそうだな。それが発達し午後遅くにはまた雷雨になるかもしれない。

朝日が東の地平線に顔を出す頃、T－34は離陸して車輪を収納し、南に向けて上昇を開始していた。空気は冷たくなめらかで、まるで溶けたバターを薄く引いた氷の上を滑っているようだ。無事に地元の空港にたどりつき、完璧な着地をして、いつもの格納庫にタキシングする自分の姿を思い描いた。

三五〇〇フィートを飛行していると、彼の天邪鬼《あまのじゃく》な部分が入道雲のように頭をもたげてきた。そして悪魔を肘で突っついて、さっきの押し問答の舞台に押し上げた。

そう何もかもうまくいくもんかね、と悪魔は口を出した。途中でとんでもない不具合が生じるかもしれないぞ。エンジンが停止するか、電気系統が完全に麻痺するか、車輪がうまく出てこないなんてことが起きるかもしれないものな。

ジェイミーはあの威勢よく啖呵《たんか》を切って見せたやつの反撃を待った。この悲観だらけの陰気な予想を、全部まとめて蹴《け》散《ち》らしてくれ、と。しかし舞台は悪魔の独擅場《どくせんじょう》になっている。頼りの楽天男はどこに姿をくらました？

燃料系統が駄目になる、か……。

「確かに、ないとは言いきれないな」内部から落ち着きはらった声がする。

ジェイミーは驚いた。やつが裏切ったうえに、あんたまでそんなことを言うなんて内輪揉《うちわも》めじゃないか。そんなのはありえないと突き返すんじゃなかったのかい？ マイナス思考は許さないぞって。

「エンジンの故障を予想すること自体はマイナス思考でも何でもない。きみが飛行機を好きなのは予測不可能なところがあるからだ。燃料系の故障はちょっとしたハプニングかテストぐらいのものなんだよ。子どもの頃、きみが苦手だったスペリングテストとたいして変わらない」

なるほどね。言われてみればそれはそうだな。

「ジェイミー、マイナス思考というのはこういうものだよ。

私は気分が悪い。

私は逃げ場がない。

私は駄目だ。

私は怖い。

私は至高の自己《ハイエスト・セルフ》から切り離されてしまった。

ついでに言っておこうか。テストそのものは陰性でもマイナスでもない。きみが失敗したと思ったとき、そこにじわじわっと生まれ出るものが陰性なのだ」

ジェイミーは問うた。だったら最初からテストなんてしなくていいじゃないか。飛行中はトラブルが起きないというぼくの前向きの催眠じゃ不足だとでもいうのか。なんでだ？

「残念ながらきみにとってテストは相変わらず必要だ。なぜだか知りたいだろう？」

なんでなんだ？

「きみが力を試すのが好きだからだ。いちいち自分を証明したがっている。そういうドラマがお好みだろう？　だから次々に試練を創り出す」

彼はこれまでの来《こ》し方を振り返った。自分を試したがるところは、飛行機に関してばかりではないかもしれない。確かにそういう嫌いはある、だが――

「いかにも。飛行機だけではない、すべてのテストに合格したがっている」

あんたはすごく自信たっぷりだけど、ぼくにはそんなふうに言い切る自信がないな。ぼくが試練を創り出す？　何のために？

「きみは今『自信がない』という暗示を受け入れたね。だからあえて言わせてもらうが、まず、この私は自分が信じたままの世界を見ているかどうかなど、そもそも思い悩んだりはしない。明々白々だからね。ものごとは事実、私が思い描き、信じるとおりに現れる。何が来ても、自分が根拠を持ってそれらをたぐり寄せているのだと百も承知なのだよ。だからわざわざ試練を創り出して力のあるなしを証明する必要なんかない。ところがきみときたら心の隙間を埋めようと焦って証明をくりかえす。なんなら、私がその空隙を少しばかり満たしてあげてもいいんだが。きみが自分の力でそれを満たしていけるようになるまで」

そりゃあ、どうも。だけど……

「だけど？　まだきみはその隙間に否定を詰め込もうとしているのかね？」

——冗談じゃない。放っといてくれ。こんなこと、いつまでもやってられるか——彼はついかっとなったが、そこは抑えて言いかけた言葉をぐっと呑み込んだ。

ありがたい申し出だけど、それなら一人でもできるんでね。

すると、高次の自己《ハイヤー・セルフ》が愉快そうな顔をした感触があった。

「わかった。できるんだね。何かあればいつでも私を呼ぶといい。それじゃあな」

新しい友、我が師が去ってしまうと、ちょっと寂しくなった。

「寂しくなんかないぞ」彼は声に出して気持ちを引き上げた。いなくなったといっても、ついさっき来たばかりじゃないか。意識の高い次元で生きている内なるもう一人の自己に会って、いろいろ教えてもらうのはすてきだし、しかもありがたいことに彼らは呼べばいつだって応えてくれる。

さっき高次の自己《ハイヤー・セルフ》の申し出をことわって、手助けなしでもぼくは自足することができると自信のあるふりをしたら、本当に自信が湧いてきた。この調子だ。ぼくは難なく心の間隙を満たし、本然《ほんぜん》の自分に還り着ける。ぼくにはできるんだ。至高の自己《ハイエスト・セルフ》と共にあり、守り育まれている。そう思うとあっと言う間に不安が消えた。今朝方、強張《こわば》った体の痛みがけろりと消えたのと同じで、即効が現れた。いいぞ、今日はこんなことが二度目だ。ぼくの中で、何かが変わってしまったようだ。どんな催眠状態を選び習慣づけるかによって、結果が大きく違ってくるのを知ってしまった。これまで交わしてきた内なる会話が、単なる言葉遊びでないことも。それどころか、その会話が今まで気づかなかったことに新たな光を当ててくれた。考えれば考えるほど、そこに確かな手応えを感じるのだった。

〝何か疑問があるときは、必ずはっきりした形で答えが返ってくる。答えはその場でぱっとわかることもあれば、忘れた頃にふとやって来る、心の内から湧き上がってくる〟。自分でメモに書いたとおりに運んでいるじゃないか、とうれしくなった。

高度四五〇〇フィート。機体を傾けながら霧の層をくぐり抜け、その上に出た。今にむくむく大きくなるぞと夢見ているような、ポップコーンの形をした元気な雲の間をすり抜けていく。一瞬、眼下の白い霧の上に機影が落ちた。くっきりとした黒いシルエットが、色鮮やかな円い虹の光輪の中央に浮かび上がった。

なんてきれいなんだ。飛行機を飛ばしていると、こんな光景を目の当たりにすることがある。カメラのシャッターを切るように、コンマ一秒のスナップショットを永遠に心に焼きつけた。素晴らしきかな人生。命あればこそ！

ん？　黒板に刻まれていた文字が思い出された。夢で見たあの一語は、なんとも不思議だった。なんで「命」という文字だけが残っていたのだろう？　他の言葉が全部消え去ってしまったあとまでも。

「そいつをわれわれが説明しなきゃならんかな？」

やあ、また来たね。

「きみは、何が実在なのかを知りたがっていた。覚えているだろう？」

もちろん覚えている。「実在」以外はすべて単なる暗示・外観にすぎない、だからこそ何が実在か、何が本物なのかが知りたかった。命？　命が実在なのか？

彼は高度五五〇〇フィートを飛行しつつ、自分が想像力を駆使してそれと見なしている〝プロペラ調節レバー〟なるものを弛めて低回転にし、実在などしていない〝タコメーター〟で、回転数を分速二七〇〇から二四〇〇に戻したつもりになる——視覚と聴覚と触覚が、まことしやかに〝これぞ本物だ〟と訴えてくるが、うかうかと騙されてはいけない。それは全部ぼくの催眠状態が生み出した舞台装置にすぎないのだから。

しかし、ここにぼくが生きて存在しているのは確かで、これこそは動かしがたい事実だ。すべてを削《そ》ぎ落したあとに残る、けっして変わることのない本然のもの——肉体の奥に鎮座するぼくの命。「我あり《アイ・アム》」という最も根源的な真実。

「そのとおり。これまでずっとそうだった」師であり友である者が相槌を打つ。**「これからもずっとだ」**

この時空世界に現れては消えるまやかしたち、ぼくが鵜呑《うの》みにしてきた暗示と間違った方向づけ。決めつけや思い込み。手を変え品を変えて登場する理論や法律。自分でない誰かをのべつ演じるわれら二足歩行の人類と、人類が依って立つ大地。宇宙に目を転じてみよう。この冷え固まった地面に覆われ、内部はどろどろのマグマで出来た球体は、十個ほどある惑星の一つだ。惑星たちが永久に描き続ける円の中心、太陽では、絶え間ない核爆発が起きている。それとて、銀河が作る小さな渦巻き花火の閃光にすぎない。その向こうに果て知れず広がっている漆黒の宇宙とそれを彩《いろど》る巨大な花火の饗宴……。壮大で美しいイメージだが、ことごとく、ぼくらを覆う幻の姿にすぎない。その仮面の下には命が、生まれも死にもしない無限にして永遠の原理が厳存する。ぼくの本質は、いつか消えてしまう火と共にあるのではない。命と共にあるのだ。

われわれ地球の人間は、ここが故郷だという他愛のない了解の上に暮らし、古代異星人たちは自分たちがどこかの星から飛んできた高度の文明人だと信じ、魂《スピリット》の存在たちは来世という信仰や遥かなる異次元という超越的幻想によって生きる。みんなそのような信念を旗印に掲げて遊んでいるのだ。それはともかく、消えることのない本質が散らす火花——命の煌《きら》めきこそが、われわれ一人一人に他ならない。

彼は目をしばたたいた。ウワーッ、今のは何だ？　いったいどこからこんなぶっ飛んだ考えが浮かんできたんだ？

「ジェイミー、きみは飛行機乗りだからな」

またご冗談を。からかうのはよしてくれ。

「それに、他の誰もがそうであるように、内側にちゃんと答えが用意されているからでもある。きみは実はずっと答えを知っていたんだ。今ちょうどそれを思い出そうと決めただけでね」

一つ訊くけど、こういう仕組みに乗っかって生きるのって、あんたにとって楽しい？

「世界を創ることがかい？　ああ、おもしろいよ。私はなかなかうまくやれてると思う。きみも、みんなもそのおもしろさがわかるようになる。われわれが日々創り出しているのは世界そのものだと。あらゆる暗示やイメージや意見、肯定といったものを組み立てて」

　ぼくにもわかるときが来るだろうか？

「もちろんさ。理解と創造へと向かうこの道は逆戻りなしの一方通行だからね。よほど生きることに退屈してるなら別だけど」

　長年、覗き込みたいと待ち望んでいた精神的世界の辺縁を飛びながらも、ジェイミーはバランスを失うまいとしていた。一時の興奮にとらえられるのではなく、頭の中を整理する必要があった。

　ねえ、高次の自己《ハイヤー・セルフ》。率直なところぼくの理解は正しいのかな？　違っていたら教えて欲しいんだ……ええっと、例えば、ぼくらは楽しく生きられそうな物語、自分に都合のいい話をひねり出して、どこかその辺りをうろついている……。

「おやおや、別にどこもうろついてなんかいないよ。悲観しなさんな。どこからそんな考えが出てきたんだい？」

　だったら、これはどう？　つまりぼくらは物語をひねり出し、想像力でもってその中の役になりきる……。

「そうだ。わざわざそんな物語にはまる必要はないのにね」と、別の高次の自己《ハイヤー・セルフ》が言った。

「まあ、まだそれはいいか。それから?」

ぼくらは想像力をたくましくし、いくつもの暗示やアイデアを材料にして自らを創り上げるんだ。同時に、ぼくらが望む類の催眠状態に入っている人がたくさんいる環境、すなわち世間へと自分の身を寄せていく。

「ぼくは自ら身の周りの世界を創り出したこと、いつでも望むときに自分の暗示の力で状況を変化させ、好転させられることを、常に意識している、って書いたあれだな」

彼の意識の深いところから言葉が自然と紡ぎ出されてきた。彼は淀みなく話し続けた。物語の方向はいつでも好きに変えられるけど、〈時空間〉という思い込みの舞台があって初めて、ぼくらがそこで泳ぎまわり演じられるという事情は変わらない。ただ、自分に筋書きを変える力があるのを忘れたら、それはたちまちクリエイティブな催眠世界でなくなり、その人はつまらない催眠状態をだらだらと生きる羽目になる。

「クリエイティブな催眠世界ってのは、とてもすてきだ」

ぼくらには実体として体があるのではなく、体というものを常に仮構し続けているんだ。ぼくらは自分にくりかえし示唆し続けるとおりの状態になりゆく。病気であるとか健康であるとか、幸せでいるか絶望するか、分別のない人間なのか素晴らしい人間なのかってのはも同じなりゆきだ。

　彼はそこで口をつぐみ、反応を待った。しーんと静まり返っていた。おーい、まだいるかい？

「聞いているよ。それから？」

　こんなところかな、今ぼくにわかるのは。彼は言い尽くした思いがした。

「そんなことはない、きみは遥か先まで進んでいる。そうは思っていまいが。しかし、それでよかろう。親愛なる人間くん、どうだい、きみはこんな気分じゃないかな？　今まさに青い羽根の生えた自分の翼を見つけたと。飛ぶことを夢見ていつも心の内に描いていた翼だ。今きみは断崖の上に立って前傾姿勢を取り、満幅の自己信頼を胸に翼を広げる。足元のバランスを失うことなく、ふわりと宙を舞う。そう念じながらこの瞬間大地を蹴って跳んだ。違っているかい？」

　そのとおりだ。ぼくは宙でバランスを取り、空を舞う！

「その調子」

　その言葉を最後に、しばし高次の自己《ハイヤー・セルフ》の声を聞くことはなくなった。彼はひとり残された時間を、たった今耳にした言葉を反芻して過ごし、一語一句が自分の一部になっていくのを待った。

第二四章

午後、嵐の始めの雨の一滴が地面に落ちる前にT－34は着陸した。次のフライトに備えて給油を済ませ、タキシングして懐かしい格納庫に戻った。長いフライトを終えたパイロットは愛機に別れを告げ、車を運転して家路に就《つ》いた。雨の中、久しぶりに会う妻キャサリンとの時間に思いを馳せ、喜びを噛みしめていた。話したいことが山ほどあった。彼女が何と言うかと思うと待ち切れない気がした。

翌日、ほぼまる一日掛けてこの旅の出来事を思い返し、フライトの余韻を味わいながら、耳で聞いたことや考えたことをふり返った。そうして一字一句、思い出す限り詳しくパソコンで書き出していくと、七〇ページ分にもなった。

その間、レッスンをすっぽかされた生徒たちは、コンドルのように辛抱強く待っていた。

「もし方向舵《ラダー》が使えなくなった場合はどうする？」彼は次のレッスンで生徒のパオロ・カ

ステリにこんな課題を出した。小型セスナを使った一対一の飛行訓練である。

「補助翼《エルロン》で操舵します」とパオロは答えた。

「やってみせてくれないかな」

パオロがそれをやり終えると、さらにこう尋ねた。「補助翼が引っ掛かって使えなくなったらどうだい？」

「方向舵と補助翼の両方ですか、それとも、補助翼だけ？」

「どっちも引っ掛かってしまったんだ。さてと、方向舵と補助翼を効かなくしたよ。これでやってみてくれたまえ」

パオロは考え込んだ。「そんなのって起きっこないですよね」

「ここに体験者がいる」とジェイミーは言った。「工具箱を方向舵ペダルの下につっこんで、そこの子ども用ジャケットの袖を補助翼のケーブル・プーリに噛ませた。その際の体験で私が学んだことを、きみにも教えよう」

「本当にやるんですか？」

「ドアだよ、パオロ。ドアを開けるんだ。まあ、騙されたと思って」

パオロは片側のドアの留め金をはずし、外の風圧に逆らって押し開けた。

「うわあ、ドアを開けると機体がターンするのか！」

「そういうことだ。左に九〇度のターンと、右九〇度ターンを一回ずつやってごらん。ドアだけを使ってね」

その授業の終盤、パオロにもう一つ課題を出すことにした。

「もし方向舵が引っ掛かって、補助翼、昇降舵、トリム・ケーブルが故障、計器も無線も全滅。スロットルが全開のまま戻らなくなり、最大推力で飛ぶしかなくなった場合はどうする?」

「ええっと……ドアを使いますね。それから、混合気コントロールを操作してエンジンをオン・オフするか……」

「やってみようか?」教官は即座に実践させた。

彼のクラスの難易度は上級者にとっても並大抵のものではなかった。だが、それを通過した彼らはもはや恐れず、自信をもって一人で飛べるようになる。そしてもっと難しいことを習いに舞い戻ってくる。

別の授業では、ジェイミーは二〇〇〇フィートでスロットルを閉じ、アイドリングさせながら生徒に課題を与えた。

「ミス・カヴェット、さあ、またエンジンが切れた。どこに着陸させる?」

緊急時着陸の訓練も五回めとなれば生徒も落ち着いたものだ。やることはいつも同じで、教官がエンジンを切ると生徒はまず野原を探し出し、そこに滑走路があると仮定して滑空しながら着陸パターンに入る。教官はいつもその段階で無事着陸したものと見なし、スロットルを入れなおして、もう一度上空に戻る。

しかし今日は普段とは勝手が違った。

「あそこに着陸するつもりかね？」

「はい、未舗装道路脇の、茶色い畑です」

「横風着陸で行くのかい？　畝《うね》と交差して」

「いえ、畝に沿って順風で進入します」

「本当にやれる自信はある？」

「ええ、できます。簡単です」

ジェイミーは混合気コントロールを切った。アイドリングしていたエンジンの回転数がゼロになり、プロペラがブルッと震えて停止してしまうと、あとには風が立てるヒューッという音しか耳に入ってこない。飛行機はグライダーとなって滑空を始めた。

「え、教官、もしかしてほんとに……？」

「そうだよ、ミス・カヴェット。ほんとに着陸して最高の完全停止を見せてくれたまえ、あの原っぱにね」

ジェイミー・フォーブスは、これまでずっとパイロットが空中で緊急事態に見舞われた場合を想定した、技術的に高度なプログラムを教えてきたつもりだった。だがそうではなかったのだ。

自分が教えているわけではなかった。ぼくが示唆を与え、生徒が自分で自分を教えるのだ。

ぼくはただ彼らにアイデアを提供するだけ。ドアを開けてみれば？　計器類に頼らないで感覚を信頼してみれば？　干し草畑に着陸してエンジンを切り、外に出て香り高い干し草の上で跳びはねてみるってのはどうだい？　着陸はアスファルトの滑走路でなくてもできるってことを、確かめてみたらどうかな？

そういえば、誰が言ったんだっけ？　あなたは教官なんかじゃない、催眠術師だって……。

マリアだ！　彼の心はたちまちワイオミングの空に舞い戻った。

〝こっちは死にかけてるのよ、ケーキが何だっていうの、よりによって、こんな人に助けられるなんて〟。瀕死の夫を乗せ、機長のふりをして操縦桿を握った勇敢なマリア。元をただせばマリア・オチョアこそ、あのシンクロニシティを起こした人だった。彼女自身の肉体の命を救い、ぼくがぼくの本然の命に触れえるように。その結果、当人はまったく意識せずに、ぼくに時空世界の仕組みを見せてくれた。ぼくのほうもまったく意識せずに彼女に催眠を掛けた形になったが、あの二〇分間はぼくが彼女を助けるだけでなく、彼女がぼくに授けてくれた贈り物でもあったのだ。ぼくという人間を永遠に変えてしまう贈り物を。

マリアさん、ぼくはあなたにもらったものを、これから他の人にも手渡していこうと思う——この空の下のどこかにいる彼女を思い浮かべ、胸に誓った。

なぜかそれから、生徒からよく手紙や電話やEメールを受け取るようになった。中にはこういうのもあった。「エンジンが止まってしまったので——エンジンが出火してしまいまして——私は燃料を停止させて混合気をオフにし、プロペラ回転数をゼロにしました。そのとき、教官のあなたが傍《そば》にいて、いつもの調子で『ミスター・ブレイン、あの牧場に着陸しよう。最高の完全停止を決めて見せてくれ』と言われた気がしたんですよ。風防ガラスはオイルまみれで、前なんか全然見えなかったですけど。私は方向舵ペダルを踏み続け、手動でサイドスリップして、回り込みながら最終進入しました。機首上げ操作の間も、外の様子は後《うし》ろの三角窓からちゃんと見えていたのです。かすり傷ひとつ負わず、今までやった中で一番スムーズな着陸ができました。教官のおかげです」

もらった手紙は大切に取っておいた。

〝ぼくの至高の自己《ハイエスト・セルフ》が、この旅の間じゅう、ぼくを守り育み、導いてくれることに心から感謝する〟とあのメモに書いたことが、生徒たちにも受け継がれていくのだ。

＊

ある薄暗い朝のことだった。辺りには深い霧が立ち込め、雲低高度《シーリング》ゼロ、視界ゼロの、とてもレッスン日和とは言えない空模様だった。彼はパソコンの前に座って格納庫使用料の小切手を書いていた。頭の中では〝ぼくがこうあろうと決めた人間になるのに必要なものは、必ずちゃんと自分の中に用意されてある〟と考えていたのだが、そのとき電話が鳴った。

「もしもし」と応じると、電話口の向こうから少しうわずった若い女性の声がした。「あの、ジェイミー・フォーブスさんでしょうか？」

「はい、私ですが」

「飛行教官をなさっておられます？」

「やっていますが、宣伝していないものですから、電話番号は公開していないんですよ」

「飛行機の操縦を習いたいんですが、教えていただけないでしょうか？」

「残念ながら、初心者の方にはお教えしていません。この番号はどちらで？」

「たまたま見た飛行機雑誌のうしろに、誰かがマーカーで〝良い教官〟と書いていたのを見て。あなたのお名前と電話番号も書いてあったものですから……」

「それは光栄です。ただ私のレッスンは、すでにライセンスをお持ちの方を対象にしていましてね。水陸両用艇や尾輪付き飛行機なんかを使う、上級者向けの内容なんですよ。この辺はフライトスクールがたくさんありますし、そこで習ったあとで、もっと訓練したいと思ったら改めてお電話ください。話はそれからということで」

「まだお切りにならないで！」

「もちろん、最後までお伺いしますよ。あなたが納得されるまでね」

「わたし真剣にやりますから。勉強はしてきているんです」

「でしたら」彼は少し考えた。「サイドスリップを説明できますか？」

「飛行方法の一つですね。変な感じのする……最初のうちだけですけど」彼女はテストされるのを喜んでいるようだ。「飛行機を左右どちらか一方に傾けながら、それとは逆方向に旋回する。着陸時に風で横滑りしないためのテクニックで、風が強くて滑走路からはみ出そうになるときに、真っすぐ進むための唯一の方法です」

「ほう、うまい定義をしますね」彼は、教科書どおりの回答が返ってくると思っていたのだ。ある程度飛行技術全体を把握していないと〝対気速度を加速することなく高度を下げる方法です〟というような、教科書どおりの答え方しかできないものだ。

「ずっと空を飛びたいと思っていたんですよ。わたしの母もそうでした。二人でいっしょに習うつもりでいたんですが、母は亡くなってしまって……。一度も望みを叶えてあげられませんでした」

「それはお気の毒でした」親子でいっしょに習うなんて、さぞや楽しかっただろうに。

「その母に頼まれたんです。いえ、昨日の夜、夢に出てきて言うんですよ。自分の分も操縦を習ってきて欲しい、そうすればその間、自分もいっしょに飛べるからと。そして先程わたしが買い物に行きましたら、カートの中にあなたの電話番号が書かれた飛行機雑誌が入っていたんです。なんだか母の計らいに思えて……。あの、たまには初心者を教えたりなさらないんですか？　絶対に無理なんでしょうか？　どうか面談だけでもお願いします。二人分習うんですもの、人一倍勉強しますから」

彼は耳を傾けながら、顔がほころぶのを感じた。こうして人の意思を次へ、そしてまた次へとつないでいこうとする者がいるから世界は回り続けるのか。このひたむきな態度には敵《かな》わないなと思った。態度、選択、欲求こそが、思いを形にしていくのだ。

彼女との面談を承諾することにして、日どりを決めた。

「教官を選ぶときは髪の色で決めるものだって、母がよく申してましたっけ」電話の主はひと安心したのか屈託のない声になった。「ぶしつけですけれど、教官の髪は灰色ではないですか?」

「お察しのとおり、白髪混じりです。ところで、お名前をうかがっても構いませんか?」

「ごめんなさい、つい夢中になってしまって。申し遅れましたが、わたしジェニファー・ブラック・オハラと言います。友人たちにはジェニフィーと呼ばれていますけど」

受話器を置いてから七秒間、思考が停止していた。少し落ち着きが戻ると、彼はその名を震える文字でフライトスケジュールに書き入れた。

〝ぼくはいつも偶然の導きによって、互いに何かを学び合える相手に出会う〟

さっき電話口では言わなかったが、催眠術師の娘は面談を難なくクリアし、自分の訓練にしっかりついてくる見込みがあると思った。彼らは——ジェニフィーと母親のディーは——二人とも合格するだろう。そしていっしょに大空を飛ぶことになるだろう。

帰ってきたヒコーキ野郎——訳者あとがき

本書はRichard Bachの最新作Hypnotizing Mariaの全訳です。リチャード・バック七三歳の作品で、二〇〇九年にアメリカで出版され好評を得ました。

二〇一二年の夏の終わり、私が本作品を翻訳し始めたちょうどその頃、バックはワシントン州で水陸両用の小型自家用機を操縦中、墜落事故を起こし、脳や臓器に重篤な損傷を受けました。五日後にはなんとか昏睡状態から覚めたものの、その後も長く治療・リハビリに努めることになったのです。その途中のあるとき、彼にお見舞いのメールを送ったところ、妻のサブリナから返信が来て、彼は少しずつではあるけれど回復しつつあり、本作の日本語版が出版されることをとても喜んでいる、とありました。

本作品は、右の事故より三年前に書かれており、著者の分身とも言うべき主人公の飛行機乗りジェイミー・フォーブスが、送電線や電波塔、雷雲や嵐に肝を冷やす場面が詳細に描かれています。作者自身が現実に起こした事故も、やはり送電線に機体が引っ掛かり大破したというものでした。読者はこれを聞いてヒヤッとすると同時に、本作品との符号を見る思いがすることでしょう。本書中のキーワードの一つに〈引き寄せの法則＝ＬＯＡ〉がありますが、それがマイナス要因として働いて、作中ジェイミーを事故寸前に追いやったのを知っているからです。さらにはこんな想像を掻き立てられるかもしれません。つまり、ジェイミーに催眠術の世界を垣間見させた催眠術師ブラックスミスとその妻ディー・ハロックが、肉体の死をパスポートにして地上の人生を制約する時空の壁を抜け、あの世とこの世を自在に出入りしたように、バック自身、今回の事故で図らずも死の淵をさまよい、あちらの世界への「いち抜けた！」をやらかしたんじゃないか、と。

ベトナム戦争の黒雲がアメリカと世界を覆っていた一九七〇年代、バックは『かもめのジョナサン』や『イリュージョン』という清新で奇抜な作品を発表し、一躍世界的な成功を収めました。つい昨日まで一回三ドルでおんぼろ複葉機に遊覧客を乗せたり、アクロバット飛行で日銭を稼いでいた青年が、にわかに大金持ちになったのです。飛行機を買い替え、結婚・離婚・再婚をくりかえし、その間、税理士に裏切られて莫大な借金を抱え家を売り払ったり、六人の子どもたちとの葛藤、末娘の交通事故死など、地上では波瀾万丈の人生だったと言えます。それでも彼の人となりや作品に、陰鬱の影はほとんど見られません。いつも飄々としている印象があるのです。

あの世から帰ってきた彼は、いつかまた性懲《しょうこ》りもなく（？）操縦桿を握り、空を飛ぶにちがいありません。バックは本作中でジェイミーにこう言わせています。「エンジンを掛ける瞬間はいつも新しい冒険の始まり（中略）。そのつど心は昂ぶり、誰もやったことのないことをやっているんじゃないかとさえ思う」と。そして、「高度覚醒……高いところを何年か飛ぶうちに、地上では知りえなかったことがわかるようになるんだ」と。コックピットで独り瞑想するジェイミーに、彼自身の内奥《ないおう》から〈高次の自己《ハイヤー・セルフ》〉が語り掛けてくるという本書の設定も、けっして作りごととは思えません。〈高次の自己〉は、この世界は仮象《イリュージョン》にすぎないと説き、イメージを重ねることによる自己変革の道を示唆します。『かもめのジョナサン』と『イリュージョン』から三十年以上経ち、老齢に達したバックですが、同じテーマをリフレインのように唄い上げます。飛ぶことばかり考えていたあのかもめが、同じ所をぐるぐるとスパイラル飛行しつつ、さらなる高みへ昇っていこうとするように。シアトルのインターネット新聞によると、『かもめのジョナサン』には未完成の第四部が存在していたが、バックはそれを今度の事故後に完成させたといいます。ジョナサン・リヴィングストンが、死の瀬戸際を体験した作者の手でどんな発見へと導かれ、それを私たちに伝えてくれるのか、とても楽しみです。

最後に、翻訳にあたり、量子力学的な言葉の解釈をご指導いただいた藤原清司さん、監訳者としてたくさんのアドバイスをくださった和田穹《たか》男さんに、心から感謝を申し上げます。和田さんは病後の身でありながら、若輩の私との共同作業に真剣に取り組んでくださいました。また、めるくまーるの梶原正弘さんと太田泰弘さん、そして本書に、温かい推薦の言葉を添えてくださいました、よしもとばななさんに深く御礼を申し上げます。

二〇一三年七月

天野恵梨香

プロフィール

著者　リチャード・バック（Richard Bach）

1936年、アメリカのイリノイ州に生まれる。空軍パイロット、郵便飛行士、エアショーや遊覧飛行をしながらの地方巡業を経て作家になる。代表作として、ヒッピーのバイブル的小説となった『かもめのジョナサン』の他、『イリュージョン』、『ＯＮＥ』などがある。2012年、自家用飛行機を操縦中に墜落して瀕死の重傷を負ったが、一命を取りとめ、現在はリハビリに励んでいる。

訳者　天野恵梨香（あまの・えりか）

1970年滋賀県生まれ、福井県出身。米国シエラカレッジ卒業。出版翻訳業の傍ら、セラピスト、技術翻訳業。福島原発の被災犬ハナコ＝シュークリームとの散歩が日課。

監訳者　和田穹男（わだ・たかお）

1940年神戸に生まれる。早稲田大学中退、東京外国語大学フランス語科卒業。書籍編集者を経て翻訳業、画業に転ず。主な翻訳書に『リトル・トリー』(めるくまーる）など。

ヒプノタイジング・マリア

2013年8月15日　初版第1刷発行

著　　者　リチャード・バック
訳　　者　天野恵梨香
監 訳 者　和田穹男
発 行 者　梶原正弘
発 売 所　株式会社めるくまーる
〒101-0051　東京都千代田区神田神保町1-11
TEL. 03-3518-2003　FAX. 03-3518-2004
URL http://www.merkmal.biz/
印刷／製本　ベクトル印刷株式会社
装幀　大谷佳央

ISBN978-4-8397-0155-0
Printed in Japan

乱丁・落丁本はお取替えいたします。